FACE À LA MER IMMENSE

Lorraine Fouchet a perdu son père à dix-sept ans, juste après son bac. Elle est devenue médecin urgentiste pour sauver les papas des autres. Elle a travaillé pendant quinze ans au SAMU et à SOS Médecins, avant de se consacrer à l'écriture. Elle est l'auteur de vingt-deux romans, dont *Poste restante à Locmaria* et *Tout ce que tu vas vivre*, et d'une lettre ouverte à son père, *J'ai rendez-vous avec toi*. *Entre ciel et Lou*, paru aux éditions Héloïse d'Ormesson en 2016, a remporté le prix Bretagne/priz Breizh, le prix Ouest et le prix Système U. Elle vit entre les Yvelines et l'île de Groix.

Paru au Livre de Poche :

Les Couleurs de la vie

Entre ciel et Lou

J'ai failli te manquer

J'ai rendez-vous avez toi

Poste restante à Locmaria

Tout ce que tu vas vivre

LORRAINE FOUCHET

Face à la mer immense

ROMAN

ÉDITIONS HÉLOÏSE D'ORMESSON

ISBN : 978-2-253-93626-8 – 1re publication LGF

À Christophe Louppe et Nathalie Moschetti.
Je ne connais ni leur passé, ni leur famille,
ni le parfum de leur pièce montée.
Je sais seulement qu'ils s'aiment.

Au pain maison, aux rires légers, à l'océan,
à ceux qui me sont tendres.

À Groix, le juste endroit de ma vie.

«L'homme ne se retourne même pas. Il continue à fixer la mer. Silence. De temps en temps, il trempe le pinceau dans une tasse de cuivre et trace sur la toile quelques traits légers. Les soies du pinceau laissent derrière elles l'ombre d'une ombre très pâle que le vent sèche aussitôt en ramenant la blancheur d'avant. De l'eau. Dans la tasse de cuivre il n'y a que de l'eau. Et sur la toile, rien. Rien qui se puisse *voir.*»

Alessandro BARICCO, *Océan Mer*

Prune

Le réveil de son portable sonne au milieu d'un rêve. Elle s'y promène avec Quentin, main dans la main, sur une plage de l'île bretonne de Groix. C'est marée basse, l'océan clapote, la laisse de mer brille au soleil, les coquillages scintillent, goélands et mouettes planent. Tout est paisible. Arrachée en sursaut à cette sérénité, Prune résiste à l'envie de pulvériser le téléphone. Elle ne déroge pas à ses habitudes et consacre les premières minutes de sa journée à des étirements, puis elle avale deux cafés serrés et un petit pain maison tartiné de beurre. Elle sert ses croquettes à son westie Mon P'tit Pote, MP pour les intimes. Des lambeaux de rêve flottent dans son esprit. Ils la blessent parce que c'était le temps d'avant, celui de La Maison amande. Prune vit seule à présent, elle n'a pas remis les pieds à Groix depuis dix-huit ans. La réalité est crue, violente. Pas de bras, pas de chocolat. Pas d'enfant, pas d'amoureux, juste son chien.

Elle consulte ses messages, lit ses mails – romancière, elle consacre une heure chaque jour au courrier de ses lecteurs – et tombe sur une demande si originale qu'elle en écarquille les yeux.

Le petit chien blanc à bille de clown dresse les oreilles, penche la gueule à droite puis à gauche, fixe sur elle ses yeux noirs en boutons de bottine.

La Seine coule de l'autre côté de la verrière. Une longue péniche remonte le fleuve, son nom se détache en lettres blanches sur sa coque sombre : *Liberté*. C'est un signe.

UNE ÎLE, CETTE ÎLE…
(Dix mois plus tôt)

Fleur

Je vis à Rouen avec mon fils Éric. On s'entend bien. J'aime la lecture, la musique, le cinéma, je n'aime pas cuisiner, regarder la télé, encore moins faire du sport. Charlie, le père d'Éric, était fleuriste comme ses parents. Il avait rebaptisé sa boutique pour moi « Aux Fleurs de Fleur ». Lorsque notre fils est né, nous nous sommes mariés en prenant pour témoins mon frère Julien et la sœur de Charlie, sans convier nos parents, sans messe, sans tout le tralala, juste un passage à la mairie suivi d'un joyeux déjeuner à quatre. Notre vie était douce, fleurie et parfumée, jusqu'au jour où une femme aux cheveux bleus est venue nous acheter des roses moussues : des Henri Martin, l'avenue rouge au Monopoly entre le boulevard Malesherbes et la gare du Nord. La cliente à la coiffure de Schtroumpfette a flashé sur le regard lavande de Charlie et lui a proposé un rôle dans la série télévisée *Léoncie* dont elle était la productrice.

Charlie est devenu le fleuriste du petit écran pour plusieurs saisons. Son feuilleton cartonnait, les gens le reconnaissaient dans la boutique et dans la rue.

Au début, ça nous amusait, ça dopait les ventes, après c'est devenu beaucoup moins drôle. Souvent, quand on se promenait en famille, on lui demandait des autographes. C'est arrivé un jour où il était seul avec notre fils qui, pendant que son père signait un idiot de papier, a aperçu un chien de l'autre côté de la rue, traversé en courant pour le rejoindre, et failli se faire écraser. Charlie croyait vraiment qu'il allait devenir célèbre. Des acteurs de sa série l'ont emmené à quelques soirées courues, il s'y est cru légitime. Ça ne l'amusait plus de jouer au père de famille ni de se lever à quatre heures du matin pour aller à Rungis.

La série a fini par perdre de l'audimat, devancée par une série concurrente, alors les scénaristes ont pris une décision drastique : tuer Charlie. Pas mon Charlie à moi, mais le personnage du fleuriste. Il les a suppliés de le laisser en vie. Il aurait accepté des mois de réanimation, des séquelles, un handicap, ce qu'ils voulaient, mais ils l'ont assassiné. Il n'a pas supporté. À la fin d'une soirée trop arrosée, il s'est battu avec le réalisateur, l'autre a eu le nez cassé et deux dents abîmées, il a porté plainte. Charlie a été black-listé par tout le milieu. Ça a été le début de la fin. J'espérais naïvement qu'il allait se reprendre, se calmer sur la picole, retrouver ses esprits, nos roses et nos pivoines.

Au lieu de cela, il a disparu. Pendant tout l'hiver, on n'a plus eu aucune nouvelle. Même le jour de l'anniversaire d'Éric ou à Noël. Je n'avais aucune adresse où le contacter. Il ne répondait plus au portable. Et puis un soir, il a débarqué à la maison, les yeux injectés de sang. Il nous a annoncé qu'il partait vivre en Allemagne où il avait des contacts, qu'il allait rebondir et qu'on serait fiers de lui. J'ai tenté de le raisonner, lui répétant qu'il n'avait pas besoin de faire le guignol à l'écran pour qu'on l'aime.

— Je suis désolé, Fleur, je ne suis plus le type minable que tu as connu.

— Tu n'étais pas minable.

— Je n'étais personne.

— Parce qu'être n'importe qui le temps d'un tournage, tu trouves ça mieux ?

— Tu ne peux pas comprendre…

Il a serré Éric contre lui, trop fort, comme s'il endossait le rôle de père aimant pour sa foutue télé. Puis il est parti.

Je me suis débrouillée. Je n'ai jamais dit à Éric du mal de son père. On l'a aperçu à la télévision, en silhouette parlante dans des polars allemands diffusés l'après-midi, où il prononçait moins de cinq mots. Puis il a été rétrogradé au statut de figurant muet. L'homme qu'on ne remarque pas, le client attablé dans le restaurant derrière les acteurs qui dînent en gros plan, le serveur qui apporte le dessert, le conducteur qui s'arrête au feu rouge le long de la voiture des héros, le contrôleur dans le train, un individu, un fantôme. Enfin, il a disparu des écrans et de notre vie. Au bout du délai légal de deux ans, notre divorce a été prononcé pour abandon du domicile et altération définitive du lien conjugal.

J'ai déchiré le faire-part en papier gaufré que ma mère avait insisté pour envoyer à la famille et aux amis conformément à la tradition, même après notre mariage sans cérémonie :

Monsieur et Madame Gaston Carville,
Monsieur et Madame Pascal Barrège,
sont heureux de vous faire part du mariage de

Mademoiselle Fleur Barrège,
leur petite-fille et fille,

avec Monsieur Charlie Nouard.

Gaston Carville est mon grand-père maternel, que mon frère et moi appelons Bon-Papa. À l'époque, notre grand-mère, Bonne-Maman, était encore de ce monde.

Mon père, Pascal Barrège, n'était pas encore divorcé de ma mère ni remarié avec Silvana, qui est plus jeune que moi.

Ma mère, née Anne Carville, devenue Anne Barrège par son premier mariage, était encore sa femme. Elle n'avait pas encore épousé Amable de Vone, qui a l'âge de mon grand-père.

Merlin

Je vis à Rouen avec ma fille Coline. Ma femme, Jeanne, est morte il y a trois ans dans le crash du Cessna qu'elle apprenait à piloter. Elle volait, mais nous deux on ne s'envoyait plus en l'air, on ne faisait que se croiser. Je travaillais trop, je rentrais tard. On peut être ophtalmologue et ne pas voir plus loin que le bout de son nez. Je suis le spécialiste français de l'uvéite, on m'invitait dans des congrès internationaux, alors que Jeanne, nutritionniste, recevait ses patients dans son cabinet situé dans notre appartement. Le jour de son accident, je me suis senti terriblement coupable en songeant à tous mes voyages. J'étais un mari fidèle et absent. Si j'avais été là, elle n'aurait pas eu envie de déployer ses ailes et cette tragédie ne serait pas arrivée.

Quand j'ai annoncé la nouvelle de sa mort à Coline, notre fille n'a pas pleuré. Elle m'a demandé quel paysage sa maman survolait au moment du crash. Et sur quel terrain elle était tombée. Puis elle s'est enfermée dans sa chambre, elle a cherché l'endroit sur Google Maps, et écouté de la musique dans son casque pendant vingt-quatre heures. Elle est ressortie en décrétant : « Il faut l'expliquer à Newton, il adorait maman. » Pas le philosophe du XVIIe siècle, non, un énorme sacré de Birmanie, un gigantesque chat loucheur.

On s'est assis en face du chat et on lui a dit la vérité. Il a plissé les yeux, cessé de loucher un instant, ses iris dérangeants m'ont fixé, droit dans les mirettes, les poils de son dos se sont hérissés comme s'il comprenait, j'étais sidéré.

Le matin de l'accident, ma femme et moi avions eu une discussion compliquée. J'ai décidé que Coline ne saurait jamais ce que nous nous sommes dit. Chaque mot que sa mère a prononcé est pourtant inscrit en lettres de feu dans ma mémoire.

Il y a trois mois, ma fille et moi avons déménagé d'un commun accord. Nous avons détesté les agents immobiliers qui, nous voyant débouler ensemble, suggéraient après chaque visite : « Ce serait quand même mieux que votre femme se joigne à nous. » Mais nous avons fini par trouver un appartement plus petit, clair et agréable, dans le même quartier.

Mon diabète type 2 a été découvert peu après la mort de Jeanne. Moi qui vivais dans les coulisses, du côté invincible de la force, je suis devenu un patient. Un homme condamné à surveiller sa glycémie et son hémoglobine glyquée, à se soumettre à un régime peu sucré, à prendre un médicament pour le restant de sa vie. J'ai vacillé, tremblé sur mes bases. Puis je me suis ressaisi, je devais être solide pour Coline. J'étais un homme qui perd ses femmes : ma mère l'année de mes dix ans, ma femme l'année des onze ans de notre fille.

— C'est contagieux, le diabète ? a demandé Coline, inquiète.

— Non, tu peux continuer à manger des Magnum.

J'ai décidé que ça ne me pourrirait pas la vie. On a retrouvé un semblant de paix, malgré Newton qui perdait ses poils. Coline ne faisait plus de cauchemars. J'aurais pu obtenir la mention « honorable » en repassage et « potable » en cuisine.

Le problème, c'est que Newton se baladait sur les balcons de notre immeuble en cherchant Jeanne.

Jusqu'au jour où quelqu'un a affiché, dans le hall de l'immeuble, une lettre imprimée en gros caractères que mes patients auraient pu lire sans lunettes : « Au propriétaire du chat loucheur qui rentre chez moi par le balcon et se perche sur ma télévision : enfermez-le ! »

La personne n'indiquait pas son numéro de téléphone mais un mail. Je lui ai aussitôt écrit.

« Je pense que vous parlez de Newton. C'est le chat de ma femme. Nous venons d'emménager, il n'est pas encore habitué au nouvel appartement. Je suis désolé. S'il cause des dégâts, je rembourserai. »

« Dites à votre femme de le surveiller. »

« Je suis veuf. »

« Désolée, je ne pouvais pas savoir. »

Je n'ai plus entendu parler de cette voisine. J'ai cru que c'était réglé, que Newton avait compris qu'il n'était pas le bienvenu. Puis j'ai reçu un mail courroucé.

« Votre chat a cassé un vase auquel je tenais. Je n'ai pas à vivre les fenêtres fermées. »

J'étais surpris. J'avais vu Newton évoluer sur une table de Noël couverte de vaisselle délicate sans rien renverser.

« Je suis navré. Je vais vous dédommager. »

« Impossible. Il appartenait à ma grand-mère, on ne rachète pas les souvenirs. Fermez vos fenêtres, ce n'est tout de même pas compliqué. »

« Oui. Mais je ne suis pas seul, j'ai une fille de quatorze ans, elle a oublié et le chat en a profité. Vous savez comment sont les ados. »

« J'ai le même modèle à la maison, version garçon. En revanche je n'ai pas de chat, donc arrêtez de m'infliger le vôtre. »

Pas aimable, la voisine.

« Nos enfants sont peut-être dans la même classe ? Je suis Merlin Zannino, ma fille s'appelle Coline. »

« Dites à Newton Zannino de briser vos bibelots, pas les miens. »

Ni chaleureuse ni patiente, mais avec de l'humour.

Une semaine plus tard, on a sonné à la porte en fin d'après-midi alors que j'étais sous la douche. Coline était au conservatoire de musique pour son cours de violon. Je suis sorti de la salle de bains, ruisselant, une serviette autour des reins.

— Qu'est-ce que c'est ? ai-je demandé à travers la porte.

— Je viens vous rapporter votre bien, a dit une voix fâchée.

— Pardon ?

— Si vous n'empêchez pas votre chat de sortir j'en fais du hachis Parmentier.

Merde, la fenêtre du salon ! J'ai ouvert, torse nu, les cheveux trempés, en maintenant mon pagne improvisé. Une jolie blonde à la mine renfrognée portait dans ses bras un Newton serein, quasi rigolard.

— La concierge m'a dit que vous habitez là. Manifestement votre chat se plaît chez moi.

— Il a encore cassé quelque chose ?

— Il me casse les pieds et il a mangé le tarama.

— Je n'en ai pas, sinon je vous l'aurais donné volontiers. Excusez-moi, j'étais sous la douche. Si je vous débarrasse du chat je risque de me retrouver dans une situation gênante.

Sa bouche a tressailli, comme si elle avait envie de rire.

Je me suis enhardi.

— Laissez-moi le temps d'enfiler un jean.

L'ascenseur s'est arrêté à mon étage. Notre voisine de palier, que Coline a baptisée la Pouacre, en est sortie. Elle a écarquillé les yeux en voyant ma tenue. Elle s'était plainte récemment à cause du violon de Coline.

— Bonsoir, ai-je dit d'un ton suave.

La voisine m'a jeté un regard noir, s'imaginant peut-être que j'adoptais un autre chat.

— Ça devient une ménagerie, chez vous, a-t-elle glapi. On est en ville, pas à la campagne. La litière dans le vide-ordures, c'est répugnant.

— Nous emballons tout avec soin.

— Votre fille nous a cassé les oreilles hier. C'est insupportable.

— Je vous ai déjà expliqué que ma fille a récupéré le violon de sa mère, elle est en train de l'apprivoiser, il faut du temps et de la patience.

— Qu'elle aille jouer ailleurs !

— Ou qu'elle fasse des progrès rapides, est intervenue ma visiteuse sans lâcher Newton.

J'ai grincé des dents, cerné des deux côtés et toujours à poil.

— Vous êtes qui, vous ? a aboyé la Pouacre.

— Votre future voisine. Je rachète l'appartement de monsieur. Je suis professeure de musique, je donne mes cours à domicile, piano et batterie. Vous êtes mélomane j'ai l'impression, nous sommes faites pour nous entendre.

La Pouacre est devenue blême.

— Vous n'êtes pas sérieuse ?

— Je suis mélodieuse et à cheval sur les règlements. La loi autorise à jouer de la musique de sept heures à vingt-deux heures en semaine, de huit heures à vingt heures le samedi. Le dimanche, je lève le pied.

— C'est une mauvaise blague ?

Malgré mon pagne improvisé, mes pieds nus et

mes cheveux ébouriffés, j'ai eu une formidable envie d'applaudir ma visiteuse.

— Bon, vous me laissez entrer que je puisse prendre les mesures pour savoir où caser ma grosse caisse ? m'a-t-elle demandé.

J'ai reculé toujours arrimé à ma serviette. Elle m'a suivi. La Pouacre était hallucinée. J'ai refermé la porte. Ma visiteuse a lâché Newton qui a miaulé de dépit avant de se diriger avec nonchalance vers le canapé. J'ai pouffé de rire et failli lâcher mon pagne.

— Donnez-moi une minute.

Quand je suis revenu, en jean et pull, elle regardait par la fenêtre.

— Je préfère votre vue.

— C'est pour ça que vous allez acheter mon appartement, ai-je dit en souriant. La Pouacre va appeler le syndic et lancer une pétition.

— C'est son nom ?

— Un surnom trouvé par ma fille. Pouacre veut dire sale, moche, repoussant. Cette femme est allergique à la musique et à la politesse. Vous enseignez vraiment le piano et la batterie ?

— Pas du tout, je travaille dans une médiathèque. Mais votre voisine m'a ramenée des années en arrière, à l'époque où je faisais des claquettes.

Elle a souri à ce souvenir.

— Mon père était rarement à la maison. Je l'avais entendu dire qu'il aimait les claquettes, et je voulais lui plaire. J'en ai fait pendant un an pour attirer son attention. Un jour il m'a demandé pourquoi je perdais mon temps à ça. En fait j'avais mal compris : il aimait le flamenco et les castagnettes, pas les claquettes ! Le voisin grincheux du dessous se plaignait à ma mère chaque fois que je m'exerçais. C'était notre Pouacre.

— Merci de votre aide.

— Je suis navrée pour votre femme, a-t-elle dit.

— Je suis navré pour votre tarama, ai-je rétorqué.

— Je ne vais pas vous déranger plus longtemps.

La porte s'est ouverte. Coline, son étui de violon à la main, nous a dévisagés.

— Newton a mangé le tarama de notre voisine.

— Bonjour Coline, je suis Fleur. Tu connais peut-être mon fils, Éric Nouard ?

— Celui dont le père est acteur ?

Elle a hoché la tête avec une soudaine tristesse.

— Papa, a enchaîné ma fille, d'après ma prof je suis plus douée pour les gâteaux que pour la musique. Il paraît que je manie l'archet comme un rouleau à pâtisserie.

— Ne te laisse pas décourager, a conseillé Fleur à ma fille.

Je suis intervenu :

— Sens-toi libre, Coline. Je ne veux pas que tu te démoralises ou que tu te croies obligée de faire quoi que ce soit par devoir.

— Je le dois à maman, a insisté ma fille.

Le jour où l'avion de sa mère s'est crashé, Coline avait chipé des euros dans son porte-monnaie pour s'acheter des bonbons en sortant de l'école. C'est idiot, mais elle ne se le pardonne pas. C'est comme si elle avait trompé sa mère sur son lit de mort.

— Je comprends, a dit Fleur.

— Oui, c'est pareil pour la robe mauve de Valentine, a renchéri Coline.

Newton faisait sa pelote sur le coussin du canapé.

— Valentine, c'est une de tes camarades de classe ? ai-je demandé.

— « La terre est peuplée de truqueurs et de bavards qui se servent des mots comme d'une monnaie qu'ils sauraient fausse », a déclamé Coline. Papa, faut lire un peu. *La Robe mauve de Valentine* est une pièce de Françoise Sagan. Elle est de ta génération, non ?

Fleur était à deux doigts d'exploser de rire quand je me suis écrié :

— Sagan est née avant la Seconde Guerre mondiale, elle aurait pu être ma grand-mère !

— Pour ma part, j'aime beaucoup cette pièce, a affirmé Fleur.

— On travaille dessus au club de théâtre. Valentine et Marie sont jouées par des terminales, a précisé Coline. Éric est super en Serge.

— Éric joue dans la pièce ? Tu dois te tromper, a dit Fleur, décontenancée.

— Euh, c'est tout récent, a bredouillé Coline, gênée d'avoir visiblement gaffé. Il a dit que son père viendrait peut-être au spectacle de fin d'année.

Fleur a fait une drôle de tête.

— Un verre s'impose, ai-je décidé.

J'ai cinglé vers la cuisine, d'où je suis revenu avec un bon bourgogne et du soda pour Coline. J'ai rempli deux verres, j'en ai tendu un à Fleur qui a secoué la tête.

— Je ne bois que du blanc.

— Ah zut ! Je n'ai que du rouge, désolé.

— Il faut que je rentre. Gardez votre chat chez vous, c'est tout ce que je vous demande. Et tu sais Coline, si tu dois jouer du violon, c'est pour toi et pour personne d'autre, a dit Fleur.

La porte s'est refermée derrière elle.

— Son fils, ça le stresse de jouer dans cette pièce, il espère juste que ça fera revenir son père. Ses parents sont divorcés, il a plus de nouvelles, enfin c'est ce qu'on raconte, m'a dit Coline.

Même si je suis resté muet, elle a deviné mes pensées.

— C'est pas pareil, papa. Maman est morte, elle ne viendra pas au conservatoire.

J'ai repensé à ma discussion avec Jeanne, le dernier matin de sa vie. À notre photo de mariage qui trône dans la chambre de Coline et se fiche dans mon cœur chaque fois que je la regarde.

Monsieur et Madame Federico Zannino,
Monsieur Luigi Zannino en union de pensée avec
Madame Laurence Zannino (†),
sont heureux de vous faire part du mariage de

Monsieur Merlin Zannino,
leur petit-fils et fils, avec

Mademoiselle Jeanne Lambert.

Ils vous invitent à partager leur joie et vous prient d'être témoins de leur engagement ou de vous unir par la prière à la messe de mariage.

C'est subtil, un faire-part.

Mes grands-parents italiens étaient encore de ce monde, et j'avais insisté pour que ma mère y figure avec mon père. La famille de Jeanne avait un peu tordu le nez, j'étais resté inébranlable.

Quand Jeanne est morte, ma fille et moi sommes tombés d'accord sur le texte de remerciements pour les condoléances.

Monsieur Merlin Zannino,
Mademoiselle Coline Zannino,
et Newton,
très touchés des marques de sympathie
que vous leur avez témoignées lors du rappel à Dieu de

Madame Jeanne Zannino,
née Lambert,

vous remercient sincèrement.

Coline voulait que le chat soit cité, je ne m'y suis pas opposé. J'aurais mentionné tous les animaux de l'arche de Noé pour la consoler.

Fleur

J'étais chamboulée et furieuse en rentrant de chez Newton. Ma colère n'était pas dirigée contre Éric mais contre Charlie. On ne savait même pas s'il était mort ou vivant.

Je suis allée me rafraîchir la mémoire sur Google : dans la pièce de Sagan, Marie et son fils Serge quittent Rochefort pour s'installer à Paris où Marie espère gagner un procès. Valentine, la cousine de Marie, leur demande de l'héberger parce que son mari, Jean-Lou, papillonne ailleurs. Valentine est une adorable victime et Serge en tombe fou amoureux. Est-ce qu'il l'aimerait s'il savait que les rôles sont inversés ? Que Jean-Lou est l'homme patient et Valentine l'infidèle ? Valentine a des airs de Charlie, ils sont charmants et menteurs tous les deux.

J'ai préparé une quiche lorraine, Éric adore ça. Et j'ai exfiltré de mes pensées le propriétaire du chat.

Deux jours après, rebelote. Cette saleté de chat se croyait chez lui. J'ai attrapé un torchon, saisi l'animal pour le ramener à son propriétaire. Il était encore sous sa douche – un obsédé de la propreté ce type – mais sa fille a récupéré Newton et griffonné le numéro de portable de son père sur un papier.

— S'il revient on ira le chercher.

Après une semaine de tranquillité, alors qu'Éric était chez un copain, le loucheur a sauté sur le balcon et tenté d'entrer, mais ma porte-fenêtre était fermée. Il a testé nos autres fenêtres les unes après les autres, avant de s'asseoir sur sa queue et de miauler à fendre l'âme. Une plainte stridente, insupportable.

— Pschtttt, va-t'en, retourne chez toi ! Allez, du balai !

Il insistait, ses yeux étranges me regardant fixement. Excédée, j'ai cherché le papier que m'avait donné Coline et composé le numéro de son père.

— Allô, c'est Fleur, la voisine. Venez chercher votre chat, il me fait une sérénade sur le balcon, façon Assurancetourix le barde. Je suis au bâtiment B, quatrième étage droite.

— J'arrive.

Cinq minutes plus tard, il a sonné, en costume gris et chemise blanche.

— Vous travaillez dans une banque ?

— Je suis ophtalmo.

— Vous devriez soigner votre chat, il louche.

— C'est sa race. Vous n'avez pas envie de changer d'appartement, par hasard ?

— Quoi ?

Il était sérieux.

— Apparemment, Newton préfère le vôtre. Alors

soit vous adoptez le chat, soit on échange nos appartements et il ne vous dérangera plus. Ça résoudrait le problème.

— C'est absurde. Vous plaisantez mais je ne trouve pas ça drôle, docteur.

— Appelez-moi Merlin.

Il a sorti de derrière son dos une bouteille de vin blanc.

— Que diriez-vous d'un verre pour me faire pardonner ? Ou vous préférez que je vous débarrasse du chat et que je disparaisse ?

— Virez-moi ce chat.

— D'accord. Gardez la bouteille.

— Je vais chercher deux verres.

Nous avons passé un moment agréable à discuter du quartier, de nos enfants, de nos métiers respectifs. J'ai sorti le tarama, des tomates cerise, des biscuits apéritifs. Il m'a parlé de ses patients, moi des lecteurs de la médiathèque.

— Mon père est éditeur, j'ai grandi au milieu des livres. Je suis passée des *Fleurs du mal* aux fleurs de saison.

Il a eu un sourire incertain, ma blague est tombée à plat.

— Vous n'aimez pas la poésie ?

— Je ne lis pas.

J'étais si choquée que je suis passée au tutoiement.

— Tu veux rire ?

— Non. J'ai mes vacations à l'hôpital, mes consultations au cabinet, mes obligations de père et mère cumulées. Je fais les courses, je nourris ma fille et le chat, je gère le quotidien. Je cours pour garder la forme. Je joue au tennis avec un ami. Et je dors s'il me reste un moment. Depuis la mort de ma femme, même si je refuse les congrès et les voyages, les jours sont trop courts.

— Je comprends pourquoi ce chat est malheureux chez toi.

— Quel rapport ?

— Les chats aiment les livres et les écrivains : Malraux, Colette, Baudelaire, Chateaubriand, Vian… Newton est en manque de littérature. Tu ne dois pas déménager mais remplir ta bibliothèque ! Je vais te faire un cadeau, poser la première pierre. Tiens. J'ai trouvé ce roman chez mon père, il embarque le lecteur sur une île bretonne au cœur d'une famille où on rit, on pleure et on s'engueule gros comme l'océan. Lis-le.

Merlin a secoué la tête.

— Je n'ai pas une minute à moi, mais merci.

— Tu n'as pas le choix. C'est ton gage.

— C'est absurde !

— Pas plus que de me suggérer de déménager. Allez, sois bon joueur, Merlin.

— Je préfère t'inviter à un dîner amical sans ados ni chat. Juste une soirée sympa au restau grec du coin de la rue. Ce n'est pas un rencard, des amis ont tenté de me piéger mais je ne suis pas sur le marché.

— Pareil pour moi. Les âmes charitables qui veulent te recaser, j'ai donné ! Tu vas aimer ce roman, ai-je prédit en lui tendant *Face à la mer immense*. Un livre peut changer une vie.

Merlin a soupesé l'objet, dubitatif.

— Si tu le dis…

Il a emporté le livre.

Au moment où l'ascenseur s'ébranlait, je me suis rendu compte de ma gaffe. Ce roman raconte l'histoire d'un homme qui perd la femme qu'il aimait. J'ai failli le rattraper pour lui en donner un autre, mais mes yeux se sont arrêtés sur un titre encore plus funeste dans ma bibliothèque : *Le Mec de la tombe d'à côté.* Alors j'ai laissé faire.

Merlin

J'ai arrêté de lire à l'adolescence. Après la mort de ma mère je me suis rabattu sur le sport. Un roman me faisait plusieurs étés, je l'emportais en vacances, c'était un accessoire de plage, en plus de ma serviette et de ma bouteille d'eau. Ensuite, pendant mes études de médecine, j'ai ingurgité des polycopiés et des planches d'anatomie. Je me suis spécialisé en ophtalmo, et à force de tester la vision de mes patients grâce aux tableaux de lettres des échelles de Monoyer, l'alphabet est devenu pour moi un outil de travail.

J'ai ouvert à contrecœur le gage imposé par Fleur. Le titre était inspiré des paroles de la chanson *Une île* de Serge Lama : « Ce serait là, face à la mer immense / Là, sans espoir d'espérance / Tout seul face à ma destinée / Plus seul qu'au cœur d'une forêt. » La première phrase ne cassait pas trois pattes à un canard, mais sur ma lancée j'ai continué comme on gobe une potion amère en se bouchant le nez. Et l'histoire m'a happé.

La porte a claqué derrière Coline et son violon. J'ai levé le nez. Elle a ouvert de grands yeux en me voyant un livre à la main.

— Qui êtes-vous, monsieur ? Un extraterrestre qui se fait passer pour mon père ?

— La mère de ton copain Éric m'a donné un roman.

Coline a haussé les sourcils.

— C'est pas mon copain, je le connais à peine.

— Elle prétend que Newton manque de littérature, qu'il va chez elle parce qu'on n'a pas de livres à la maison. Je crois qu'elle est un peu allumée. Mais pour être franc, il n'est pas si mal, ce bouquin.

— Ça raconte quoi ?

— Je te le passerai.

Je l'ai lu. Il n'avait rien de particulier, il n'était pas mieux ni pire qu'un autre, mais il me touchait. Je me suis identifié à Jo qui se démène pour rendre sa fille heureuse. J'ai redécouvert le plaisir de vibrer avec des personnages de papier, de ralentir la lecture pour ne pas finir le livre trop vite. Je me suis surpris à le prendre avec moi sans l'ouvrir, à en poursuivre la lecture entre deux consultations, et même, honte sur moi, à le feuilleter en écoutant se lamenter un patient mal voyant qui, m'entendant tourner une page, m'a dit un brin vexé : « Ça vous embête ce que je raconte, docteur ? »

Un matin, j'ai reçu un courrier de la préfecture me conviant à une cérémonie le jeudi après-midi suivant avec deux accompagnants maximum. Je l'attendais depuis que mon nom était paru au début de l'année dans le *Journal officiel.*

J'ai ouvert la fenêtre pour pousser Newton à déguerpir, mais il restait à ronronner sur le canapé, alors je l'ai carrément enfermé dehors sur le balcon, où il a attendu patiemment que Coline rentre du collège.

— T'entends pas le chat qui miaule dehors, papa ?

— Ah ? Non. Je vais te faire un mot pour le collège, je suis naturalisé français jeudi à quatorze heures.

— Je vais rater deux heures de maths, trop bien !

J'avais le droit d'inviter deux personnes. Ma fille, évidemment. Mes amis travaillaient en semaine. Ma mère n'était plus de ce monde. Mon père n'était pas au courant de ma démarche.

J'ai écrit sur un carton blanc : « Newton et moi avons aimé ton livre. Je t'invite à chanter *La Marseillaise* jeudi avec Coline. Départ devant mon immeuble à treize heures. » Puis j'ai attaché le carton au cou du chat avec un ruban rouge et je l'ai à nouveau flanqué sur le balcon en lui soufflant « bâtiment B, quatrième étage droite, go go go ! » Je suis parti travailler en souriant niaisement à tous mes patients.

Le soir, quand j'ai poussé la porte, Coline m'a accueilli en me disant d'un air taquin :

— T'as du courrier, papa !

J'ai cherché sur la commode de l'entrée.

— Non, regarde au cou du chat.

Fleur avait écrit au verso du carton : « Je vais réviser les paroles. »

— Tu es piqué par elle ? a vérifié ma fille dans son langage ado.

J'ai hoché la tête.

— Ça n'enlève rien aux sentiments que j'avais pour ta mère.

— Arrête, papa. T'es seul depuis trois ans, c'est bon.

Puis ma fille a mis son casque, me signifiant que le problème n'en était pas un.

Le jour J, on s'est habillés aux couleurs du drapeau français : costume bleu, chemise blanche, cravate rouge pour moi ; blue-jean, tee-shirt rouge et baskets blanches pour Coline. Fleur était à l'heure devant les boîtes aux lettres. Ma mâchoire s'est décrochée en voyant sa robe bleu et blanc cintrée et ses lèvres vermillon.

— On va être en retard, papa, a dit Coline pour me tirer de ma stupeur.

Je me croyais le seul impétrant du jour, nous étions une quarantaine. Les Anglais étaient les plus nombreux, à cause du Brexit. Nous avons signé un registre avant d'entrer dans une salle où des chaises faisaient face à une estrade. Coline, enthousiaste, s'est précipitée au premier rang.

— Il y a peut-être des personnes qui voient mal et seraient mieux à cette place ? ai-je hasardé.

— T'es pas avec tes patients, papa, t'es un des héros du jour.

On s'est assis. Fleur était à ma droite, Coline à

ma gauche. Le maître de cérémonie s'est avancé vers le micro, éclairci la gorge, puis il nous a souhaité la bienvenue à tous.

Nous avons eu droit à une présentation de la France, pays des droits de l'Homme, une explication de la Constitution, un exposé sur la République, l'Assemblée nationale, le Sénat, le système judiciaire et éducatif. On nous a projeté un film détaillant les droits et les devoirs de chaque citoyen. J'ai songé à mon père, si fier de ses origines toscanes. Moi aussi, j'en étais fier, mais je vivais en France depuis ma petite enfance, j'avais épousé une Française, notre fille était française, alors, quand l'Italie a enfin autorisé la double nationalité, j'ai constitué mon dossier puis rencontré un fonctionnaire de l'administration à qui j'ai expliqué que j'avais atterri à Orly à six mois dans les bras de ma mère et que j'étais médecin. Il m'a annoncé avec gravité que j'étais dispensé de dictée.

On a appelé mon nom. Je me suis levé, plus ému que je n'aurais cru. J'étais le seul à porter du bleu, du blanc et du rouge. Un mouchoir vert dépassait de ma poche de veste, clin d'œil au drapeau italien. On m'a donné une accolade fraternelle, comme le jour de ma soutenance de thèse. Ensuite, tout le monde s'est levé pour chanter : « *Allons enfants de la patri-i-ieuh, le jour de gloire eeeeeeest arrivééé !* » J'ai échangé un regard complice avec Coline. Et un sourire crispé avec Fleur dont la voix chaude me mettait des papillons au creux du ventre.

Nous avons pris le chemin du retour dans ma Fiat 500. Le tournant serait délicat à négocier en arrivant : fallait-il que je convie Fleur à la maison ? Je ne devais aller ni trop vite ni trop lentement, mais avancer subtilement. Fleur a mis fin à mes tergiversations en nous proposant de boire un verre chez elle « pour fêter l'événement, Éric sera rentré du collège, j'ai mis du champagne au frais ! »

Pendant le mois qui a suivi, on s'est tournés autour en dessinant des figures imposées comme des patineurs artistiques. Nous avons joué au Scrabble, où nos règles différaient. Fleur et Éric ne considèrent comme valides que les mots du Larousse et refusent les noms propres et les anglicismes, alors que Coline et moi acceptons même les acronymes et le verlan. Nous nous sommes promenés en forêt, Fleur marche vite alors que je lambine. Un soir où nos ados étaient sortis, Fleur m'a demandé ce que j'avais apprécié dans le roman qu'elle m'avait offert.

— Que tu m'as imposé, tu veux dire ? J'aime la façon dont Jo et Lou envisagent l'amour, la vie, et la mort qui en fait partie.

Puis je me suis penché vers elle. Et c'était encore mieux que dans mes rêves.

Fleur

Merlin m'emmène en week-end surprise pour mon anniversaire, il m'a dit d'emporter mon passeport.

— Il fera chaud ou froid ?

— Prépare une tenue d'oignon, avec des couches successives.

— On reste en Europe ?

— Oui.

Je n'ai rien dit pour ne pas lui gâcher le plaisir, alors que je l'ai entendu parler des « Grecs » au téléphone. Athènes ? Les Cyclades ? Paris-Athènes en voiture, c'est loin pour deux jours. Mais après tout ! J'ai téléchargé un guide des expressions usuelles français-grec sur ma tablette, et je me délecte par avance du tarama (le vrai !) et des feuilles de vigne. Mais la Fiat 500 ne prend pas la direction de l'aéroport.

— Le voyage est long ?

— Tu verras.

Je souris. Je pose la main sur sa cuisse. Cela me rassure, rouler avec la main posée sur la jambe d'un homme que j'aime. Je faisais ce geste avec Charlie, au temps où nous étions légers et amoureux, avant l'alcool, les rails de coke et les espoirs déçus.

Le paysage défile au son de la radio. Après quatre heures de route, on arrive à Lorient. Merlin saisit son portable. La voix profonde de Serge Lama jaillit dans l'habitacle: «Inculte, un peu comme une insulte / Sauvage, sans espoir de voyage / Une île, cette île, mon île, c'est toi.» Il gare la voiture sur un parking devant l'océan. Je comprends enfin, j'y ai mis le temps.

— Tu m'emmènes sur les traces du livre que je t'ai donné?

Ce roman l'a chamboulé, a réveillé des échos en lui. L'histoire se passe à l'île de Groix, *enez Groe* en breton.

Merlin tend nos billets au marin préposé à l'embarquement. Nous roulons jusqu'aux entrailles du bateau puis montons sur le pont supérieur, à l'air libre. Tout est choix, dans la vie: décider qui on aime, où on s'assoit au cinéma, au restaurant, en mer. Je m'adaptais aux désirs de Charlie, je m'effaçais devant lui alors que Merlin et moi décidons les choses ensemble. Les Italiens ont une expression imagée pour ça: *ti sposi a scatola chiusa*, tu te maries à boîte fermée, tu ne sais pas à quoi t'attendre. Heureusement, pour Merlin et moi, on a déjà donné, on est vaccinés.

La corne du bateau retentit. Le quai s'éloigne. Je renverse la tête en arrière pour sentir la chaleur du soleil. Le bateau vibre. Des enfants crient. Un chien aboie. Éric et Coline passent le week-end chez leurs meilleurs copains respectifs. Newton a son distributeur de croquettes et sa fontaine à eau. La joie et le roulis me bercent.

Cinquante minutes plus tard, le bateau accoste à Port-Tudy. Les passagers de la prochaine traversée attendent déjà, en file. Des familles accueillent les arrivants, des plaisanciers s'affairent sur les ponts des voiliers, un marin nettoie ses filets, des chariots transportent des palettes, des vélos roulent cool. C'est joyeux, efficace, hors du monde. Ce caillou de huit kilomètres sur quatre a son rythme, sans feux rouges, sans la frénésie citadine.

La voiture descend du bateau, Merlin semble savoir où il va. Nous montons une rue en pente raide jusqu'au bourg. Merlin fait trois fois le tour de l'église en déclamant : « Mesdames et messieurs, admirez la girouette sur le clocher, ce n'est pas un coq, mais un thon, parce que Groix était une île de marins, pas une île de paysans. » Dans le premier chapitre du roman que je lui ai offert, c'est là que le héros enterre sa femme.

Nous buvons un café sur la terrasse d'une maison d'hôtes devant l'océan.

— Tu m'as bien eue avec la Grèce, dis-je, bonne joueuse. Je n'ai pas marché, j'ai couru…

Merlin prend un air ahuri.

— Je t'ai surpris au téléphone avec Thomas l'autre soir, tu as parlé des Grecs. Tu voulais me piéger ?

Merlin et notre hôte Arzhur échangent un regard amusé.

— Les insulaires s'appellent Groisillons ou Greks, soit parce que cafetière se dit *grek* en breton, et que les Groisillonnes avaient toujours du café sur le feu, soit parce que les marins groisillons parlaient *groek* entre eux. Les deux versions se tiennent.

J'ai l'air maligne avec mon dico français-grec pour les Nuls. Je demande à Arzhur s'il connaît le roman grâce auquel nous sommes là. Il en a entendu parler mais il est branché polars. La romancière avait une maison sur l'île autrefois.

Nous faisons des courses pour pique-niquer au bord de l'eau comme les héros du livre. Première halte chez le boucher pour le pâté gangster et le lard des thoniers. Nous achetons du *gochtel*, une brioche locale, à la petite boulangerie. Cap sur les Grands Sables, la seule plage convexe d'Europe, dont les sables se déplacent vers le nord-ouest sous l'action des courants marins. La plage a doublé la pointe de la Croix et avance vers le port.

Pieds nus, les bas de pantalons remontés, on court au bord des vagues en s'éclaboussant. Nous avons emmené nos ados à Disneyland Paris et au parc Astérix, au Mont-Saint-Michel et au Louvre. Mais ici, nous sommes seuls. Je me découvre une faim de loup, de thon, de marin pêcheur.

— À table !

J'aime tout, le sable entre nos orteils et sur le pâté, le couple de goélands argentés qui vole près de nous en regardant le menu, la marée descendante qui nous offre des coquillages nacrés, le soleil qui fait étinceler le sable mouillé, et Merlin qui se penche vers moi.

— Rien ne te manque ?

Je donnerais ma vie pour Éric, et j'apprécie sincèrement Coline, mais en cet instant ils ne me manquent pas une seconde. Je m'apprête à avouer que je suis une mauvaise mère, quand Merlin plonge la main dans son sac à dos et en sort une demi-bouteille de champagne Mercier.

— Oh non, j'ai oublié les flûtes ! Je les avais emballées dans du papier bulle et planquées pour que tu ne les trouves pas. Elles sont restées à la maison.

J'éclate de rire devant sa mine désappointée. On boit au goulot, ça mousse et coule sur nos mentons. Dans le roman, les héros, assis sur cette même plage la nuit du solstice d'été, signent un pacte qu'ils enferment dans cette même bouteille. Mais l'héroïne meurt au premier chapitre, et moi j'ai l'intention de vivre vieille, au risque de devenir radoteuse et moustachue.

— Fleur, dit gravement Merlin.

Je secoue la tête. Non. S'il te plaît. Pas ça. Pas comme dans les séries à l'eau de rose. Pas d'engagement, de bague au doigt façon pigeon voyageur, aucune obligation. Reste mon enchanteur, ne te transforme pas en mari. Chantons Brassens, « J'ai l'honneur de ne pas te demander ta main ».

— Fleur, je veux passer le reste de ma foutue vie avec toi. Fêter cela, ici, sur cette île, avec nos enfants, nos familles cabossées, nos amis. Ton divorce a été prononcé. Je suis veuf. Je n'ai pas envie que tu sois simplement ma compagne. Je me fiche que tu portes mon nom. Mais je t'aime éperdument.

Il me montre un coquillage troué qu'il vient de ramasser, prend ma main, le passe à mon annulaire.

— Fleur, je ne veux pas qu'on obéisse aux règles. Je veux qu'on s'étreigne, qu'on se surprenne, qu'on ose. J'ai l'honneur de te demander ta main, pas pour la galerie, mais pour la tenir serrée. Dis-moi oui.

Ses mots dansent la java dans ma tête. Nous sommes seuls sur la plage. Dans un film, on roulerait ensemble sur le sable comme sur un édredon de plumes. Dans la réalité, notre baiser voyou sent le champagne, le pâté gangster, et il croque sous la dent. Nos cœurs battent si fort qu'ils ébranlent nos torses. Le goéland profite de notre émoi pour piquer le lard des thoniers.

Le soir tombe. Dans le livre qui nous vaut d'être là, les héros admirent le coucher de soleil aux Grands Sables, alors qu'en vrai le soleil se couche de l'autre côté de l'île, sur les falaises de Pen Men.

Charlie était mon type d'homme, irrésistible avec ses yeux lagons, sa gueule de marin buriné, ses boucles blondes. Merlin est peut-être moins beau, mais il est gentil, chaleureux, séduisant, solide. Ses yeux sont verts, ses cheveux noirs, il est grand et mince, et il a un diabète de type 2. Il est la cerise sur le gâteau sans sucre de ma vie.

Merlin

Elle a dit oui. J'ai failli la faire répéter. Je savais qu'elle ne voulait plus entendre parler de mariage, pourtant c'était plus fort que moi. La femme du héros meurt au début du livre qu'elle m'a offert, mais ces deux-là s'aiment. Malgré les coups du sort et les tempêtes, malgré la vie qui lamine et aplatit façon rouleau compresseur. Ado, je jouais beaucoup au tennis. Mon passé ressemble à ça : un court de tennis abandonné dans une vieille maison de famille dont les enfants ont grandi. Ils ont joué, gagné et perdu, ri aux éclats et transpiré, puis l'hiver est venu. Les feuilles sont tombées, la pluie a détrempé le sol, le filet s'est déchiré, la joie a disparu, les vieilles balles jaunes sont crevées, le cordage des raquettes en bois est distendu. Je croyais avoir épuisé mon capital bonheur. Fleur a fait revenir les enfants habillés de blanc, ils ont balayé, ratissé, réparé, sorti des balles fluo, des raquettes en fibre de carbone, les garçons se battent comme des lions, les filles dansent en montant à la volée, tout redevient possible.

Elle a dit oui. Ailleurs elle aurait refusé. Je me

suis identifié au héros de son roman. Il est cardiologue, je suis ophtalmo. Il perd sa femme, la mienne s'est envolée. Il est amoureux, je suis dingue de Fleur. Il aime ses enfants, ma fille est ma priorité. Il parle d'amour aux Grands Sables, nous venons de le faire.

Nous ne sommes là que deux jours. Sur un coup de tête, nous passons au presbytère. Le recteur – nom du curé en Bretagne – nous reçoit. J'ai épousé Jeanne à l'église mais elle est morte. Fleur s'est mariée à la mairie avec son ex. Nous sommes célibataires devant Dieu.

Le recteur demande pourquoi nous tenons à nous marier à Groix. Il se méfie des bobos qui souhaitent convoler à l'ombre du thon parce que c'est original une île et ça fait joli sur les photos. Nous lui parlons du livre qui nous a *drossés* sur ce caillou, nos yeux brillent, nos mains se joignent. Le recteur ouvre un registre, pointe un samedi dont personne n'a voulu. On échange un regard heureux. On a *du goût à pagaille* l'un pour l'autre, comme disent les Greks.

Puisque la date est fixée, nous faisons le tour des chambres d'hôte et des hôtels pour réserver des couchages. Nous devrions être une cinquantaine. La messe sera célébrée le samedi après-midi, ce qui permettra aux gens de traverser en fin de matinée. Nous souhaiterions avoir un vin d'honneur sur une plage après la messe, puis louer une salle pour dîner et danser ensuite au port devant les bateaux amarrés. On repartira par le bateau de la mi-journée le dimanche.

Je me sens léger et fébrile. On a recommencé du bas de l'échelle du bonheur. On y croit dur comme les rochers de la côte sauvage ici. Dur comme le visage de mon père quand il est remonté de la cave le jour des quarante ans de ma mère…

Elle a jeté l'éponge le jour de son anniversaire, elle s'est supprimée avant d'avoir pu souffler ses bougies et ouvrir nos cadeaux. On n'a jamais su pourquoi, un moment de folie, un « raptus », ont dit les psychiatres, passage à l'acte brutal. Si j'étais rentré plus tôt de l'école je l'aurais sauvée. Je rêve encore parfois que j'ai réussi, que je ne me suis pas arrêté à la boulangerie pour ce stupide pain au chocolat.

J'aurai quarante ans cette année. Cet âge, qui a porté malheur à ma mère, nous portera chance.

On reprend le bateau vers la grande terre, avec une date en ligne de mire.

— J'ai une idée, murmure Fleur en regardant l'île disparaître.

— Tu veux la partager avec moi ?

— À mon tour de te faire une surprise…

Prune

Elle lit tout haut à l'intention de son petit chien blanc à bille de clown la requête si originale de cette lectrice inconnue :

« Bonjour madame. Je vous ai découverte, ainsi que l'île de Groix, à travers *Face à la mer immense.* Votre roman m'a bouleversée. Je m'appelle Fleur, j'ai trente-huit ans, je vis à Rouen avec Éric, mon fils ado. J'ai rencontré un homme merveilleux, Merlin, ça ne s'invente pas ! Il est veuf et a une fille du même âge que mon fils. Il ne lisait plus. Je lui ai offert votre roman. Nous nous sommes amoureusement reconnus dans vos personnages. Il m'a fait la surprise de m'inviter en week-end à l'île de Groix où il m'a demandée en mariage sur la plage des Grands Sables. Nous nous marions là-bas dans huit mois et aimerions vous associer à la célébration en offrant votre roman dédicacé à nos cinquante invités. Pourriez-vous nous consacrer un peu de temps lors d'un passage dans une librairie de notre région ? »

C'est une jolie histoire.

— Tu en penses quoi, toi, MP ? Je déteste cette île. Elle n'existe plus pour moi. Ce roman non plus d'ailleurs. Mais ça m'ennuierait de les décevoir.

Le westie écoute, attentif au ton de la voix qui faseye à la façon d'une voile battant au vent. Prune soupire, secoue violemment la tête pour chasser les souvenirs insupportables.

— Ils croient à l'amour, il faut leur laisser leurs illusions.

MP saute sur le canapé et s'y couche, museau entre les pattes.

— Tu es d'accord avec moi on dirait, conclut Prune.

Pour se donner le temps de la réflexion, elle sort la farine, la tasse qui lui sert de mesure, la levure, le sel, un carré de sucre. Elle mélange les ingrédients dans un saladier et fredonne : « Préparez votre, préparez votre pâte, dans une jatte, dans une jatte plate » comme Catherine Deneuve confectionnant le cake d'amour dans le *Peau d'âne* de Jacques Demy. Faire son pain est pour elle une activité gratifiante, apaisante, rassurante. Elle n'y glisse aucune bague, mais y dépose les morceaux mal recollés de son cœur.

Après avoir recouvert le saladier d'un torchon à carreaux pour laisser reposer, elle répond à sa lectrice inconnue.

D'habitude elle se méfie, utilise des adresses mail distinctes pour ses proches et pour ses lecteurs. Mais les prénoms des amoureux sont touchants, la demande est insolite. Et elle a rêvé de Groix cette nuit, ça ne peut pas être un hasard.

Sa main surplombe le clavier, dessine des volutes, hésitante. Elle revoit la petite île plantée dans l'océan au large de Lorient qui était le centre de sa vie et où elle s'imaginait vieillir un jour. Elle se rappelle les amis chers qu'elle n'a pas revus depuis dix-huit ans. Elle repense à Bleuenn, à Quentin, à la douleur familière qui accompagne leur évocation. Pour que l'obscurité de la nuit devienne lumière, il faut quelqu'un à aimer. Seul, on se noie.

Son index fond en piqué sur le clavier. Elle envoie le message.

À cet instant, elle ne peut pas deviner que sa vie en sera changée.

MON ÎLE, C'EST TOI

Fleur

— J'ai reçu une réponse qui va te plaire, dis-je à Merlin.

— De la part de qui ?

— Écoute.

Je m'éclaircis la gorge et je lis à haute voix : « Bonjour Fleur. Félicitations pour votre mariage. Je dédicacerai avec plaisir les cinquante exemplaires pour vos invités, mais cela prend du temps. Ce serait trop long lors d'une rencontre en librairie. Vous venez parfois à Paris ? J'habite les Yvelines, à Croissy. Vous pourriez apporter les livres et prendre un café à la maison pendant que je les signerai ? »

Merlin, stupéfait, écarquille les yeux.

— C'est bien ce que je crois ?

J'acquiesce, heureuse du succès de mon initiative.

— Comment tu as eu son adresse ? Tu as écrit chez son éditeur ?

— Je la suis sur Instagram et Facebook. Je lui ai écrit sur Messenger.

— Tu veux offrir son roman à tout le monde ?

— Oui ! On les posera sur leurs assiettes. Je

n'étais pas sûre qu'elle accepterait, j'ai envoyé ça comme une bouteille à la mer.

Merlin éclate d'un rire joyeux, m'enlace et me fait tournoyer en s'écriant :

— C'est une merveilleuse idée. Tu es géniale !

Prune

C'est aujourd'hui que Fleur et Merlin viennent. À quoi ressemblent-ils ? Elle a consulté leurs profils Facebook. Ils sont jeunes, même pas quarante ans. Elle est blonde, il est brun, ils ont les yeux clairs. Prune a vingt ans de plus, elle traque ses rides dans le miroir ancien piqueté de taches noires. Son portrait figure au dos de ses livres mais elle ne ressemble pas à sa photo. Il y a cela, la représentation qu'on se fait d'un écrivain : elle se voudrait sympa, chaleureuse, plus mince qu'elle n'est. Elle pose toujours de trois quarts à cause de son nez qu'elle juge trop imposant. Le miroir lui renvoie l'image de sa sœur Diane, cheveux châtains aux épaules, et regard caramel. Elles se ressemblent trait pour trait, pourtant elles ne sont pas jumelles : elles ont dix mois d'écart, c'est Diane la plus âgée.

Prune enfile un jean blanc, un chemisier et des ballerines orange, met un rouge à lèvres assorti, elle est prête. Elle dispose trois tasses, un sucrier et des petites cuillères sur un plateau marqueté chiné à la Foire à la brocante et au jambon de Chatou, juste en face de chez elle à vol de perruches à collier, ces bandes de perroquets qui inondent le ciel des Yvelines.

— Si je leur consacre une heure, c'est correct, tu crois, MP ? Moins, je n'aurai pas le temps de faire leurs cinquante dédicaces. Plus, on n'aura peut-être rien à se dire. Je m'en remettrai à toi, tu es d'excellent conseil.

Le westie dresse les oreilles. Il lui sert de thermomètre à humains, elle ne l'a jamais pris en défaut. Il fait la fête aux amis de confiance. Les rares fois où il a grogné, il y avait un loup. Pas celui aux dents acérées qui mange le petit Chaperon rouge, non, un loup humain, un traître. Comme la félonne qu'elle n'a pas revue depuis des années. Le chien ne s'y laisserait pas prendre, il la mordrait jusqu'au sang. Prune sourit à cette idée.

Ils sonnent. Prune les accueille à la porte du jardin, c'est plus convivial que leur ouvrir avec l'interphone. Ils entrent, lui porte un sac qui contient sans doute les cinquante exemplaires de *Face à la mer immense*.

Merlin a un sourire large ; Fleur, davantage sur la réserve, tient un sachet pyramidal fermé par une ficelle dorée.

— Tenez, dit Fleur en tendant le paquet. Pour accompagner le café.

— Vous n'auriez pas dû, c'est gentil.

MP les attend devant la porte de la maison. Il les jauge, puis dévale les marches en agitant la queue et tend le cou vers leurs caresses. Ils sont adoubés.

Fleur pénètre la première dans le grand espace de plain-pied, brique, verre et métal, qui donne sur les berges de la Seine. Salon, chambre, bureau, cuisine, il n'y a aucune délimitation, tout est ouvert. Seule la salle de bains préserve l'intimité. Prune se sent protégée dans cette tanière, son refuge quand elle a bazardé tout ce qui pouvait lui rappeler son ancienne vie.

— Quel endroit incroyable ! s'exclame Merlin.

On aime ou on déteste, personne n'y reste insensible.

— On se croirait sur un bateau, murmure Fleur, ravie.

Prune les place face à l'eau pour leur offrir le scintillement des remous, les péniches avec les voitures posées sur leurs ponts et le linge qui claque au vent. Elle passe dans la cuisine, ouvre le paquet de gâteaux, découvre des tartelettes aux prunes.

— Café ou thé ?

— Café.

— Normal ou déca ? Avec ou sans sucre ? Long ou court ?

— Déca et long avec sucre, répond Fleur.

— Normal et *ristretto*, je suis italo-français, dit Merlin en souriant à son amoureuse après cette précision.

Il ajoute :

— Et sans sucre, s'il vous plaît.

Prune rapporte des assiettes et des fourchettes à dessert. Elle a déjà sorti son stylo fétiche et ses feutres fluo pour colorier les dessins dont elle émaille ses dédicaces. Le parfum du café – un des petits bonheurs de la vie – monte dans l'air.

— On va se marier grâce à vous, lâche Fleur. À Groix, en plus !

Prune laisse échapper un rire plein de la gaieté d'autrefois.

— Votre île nous a conquis. Vous y possédiez une maison, n'est-ce pas ?

— Ce n'est pas mon île, elle appartient aux Groisillons, aux femmes qui ont travaillé la terre en élevant leurs enfants et aux hommes qui risquaient leur vie en campagne de pêche. Mon nom était juste inscrit au cadastre pour un bout de sol avec quatre murs dessus. Les humains passent, les maisons restent.

— Vous l'avez vendue ?

Elle acquiesce sans s'étendre sur le sujet.

— La vie est faite de cycles. Mais j'adorais Groix.

— Merlin m'a fait sa demande aux Grands Sables, avec une demi-bouteille de champagne Mercier, précise Fleur.

— Ce serait formidable que vous veniez au mariage, ajoute Merlin.

Prune se dérobe sans mentir :

— Je suis en déplacement tous les week-ends.

— On vous enverra quand même un faire-part. Tenez, on a préparé la liste de nos invités, en précisant qui est qui.

Ils ont tout prévu. Les parents de Fleur sont divorcés, il y aura un livre pour son père Pascal et sa jeune belle-mère, et un livre pour sa mère Anne et son vieux beau-père. Luigi, le père de Merlin, est veuf, il faudra un seul prénom sur son exemplaire. Prune dédicacera aussi pour Coline la fille ado de Merlin, Éric le fils ado de Fleur, les deux témoins, des tantes, des oncles, des cousins, des copains. Julien, le frère de Fleur, viendra de Nouvelle-Zélande pour l'occasion.

— Vous avez des frères et sœurs ? demande Fleur.

— Non, affirme Prune.

Toute son enfance, son père parlait au pluriel : « Les filles, on vous attend ! », « Les filles, vous allez être en retard ! » et sa mère la confondait avec sa sœur. Diane grimpait plus haut dans les oliviers, Prune nageait plus loin. Diane était matheuse, Prune littéraire. Diane rêvait d'un mariage dans un château en robe blanche à traîne avec un marié en chapeau claque et queue-de-pie et des garçons d'honneur habillés en pages, Prune voulait danser pieds nus sur le sable et avoir son nom sur des couvertures de livres. Elle était le bébé du retour de couches, pas désirée, arrivée trop tôt. « Je m'en fous, parce qu'au final moi j'étais souhaitée, toi tu t'es imposée », a lancé Diane à Prune le jour des résultats du bac en découvrant que sa sœur avait une mention et pas elle.

— Je suis fille unique, précise Prune.

Il y a ce poids qui glisse de ses épaules comme une cape inutile. Elle se libère de sa famille, elle marche désormais seule, respire avec amplitude. MP la fixe de ses yeux noirs en boutons de bottine. Le futur marié ébouriffe le petit westie.

— Ce roman n'est pas récent, comment êtes-vous tombés dessus ?

— Il était dans la bibliothèque de mon père, dit Fleur. La couverture avec le phare m'a attirée, je l'ai ouvert puis lu d'une traite.

— Je ne l'ai pas lâché non plus, ajoute Merlin.

Prune l'a écrit à une période bénie de son existence, il y a vingt ans. Elle a cherché en vain à retrouver l'enchantement depuis, mais quand on ne croit plus au bonheur, il se cache. Elle est la romancière d'un best-seller breton situé sur une île qu'elle a gommée de sa mémoire. Les personnages la blessent, le souvenir l'écartèle, le nom de l'île la fracasse. Les marins disaient « Qui voit Groix voit sa joie » parce qu'ils se savaient presque rentrés au port en apercevant l'île au loin, mais pour Prune « Qui voit Groix voit sa croix ».

— Le couple de héros s'aime plus fort que ce qui leur arrive, enchaîne Merlin. Fleur et moi avons vécu avant de nous rencontrer. Nous trimbalons nos casseroles, mais c'est ce qui nous réunit, exactement comme vos personnages !

Prune les sait dans cet état de la passion où on marche sur l'eau en se tenant la main. Elle saisit ses feutres fluo, dessine une mouette bleue, une voile rouge sur l'océan, les balises de Port-Tudy. Elle écrit des prénoms, ajoute « de la part de Fleur et Merlin » ou « de la part de Merlin et Fleur. » Elle s'adapte. Puis elle signe en notant la date du mariage. Ses mains exécutent des pointes au-dessus des livres en un ballet bien rodé. Déboucher les feutres, colorier la voile, bleuir l'océan, dorer le soleil. Varier les dessins, les phrases, les perspectives. Quand enfin elle referme le cinquantième livre, deux heures se sont écoulées. Elle relève la tête, fatiguée. La lumière a changé dehors. Les joggeurs sur la berge sont remplacés par les promeneurs de chiens. Une famille de canards flotte sur l'eau, les parents devant, les canetons tricotant des pattes à leur suite. Tout est calme, reposé.

— Ce doit être merveilleux d'habiter ici, remarque Fleur.

— Tu veux qu'on déménage ? s'empresse Merlin.

— J'ai hérité de cette maison, dit Prune.

Elle a souvent honte de cette chance. Son parrain Gaspard, historien passionné, faisait des recherches quand il a découvert au bord de la Seine le gibet seigneurial de Croissy, l'un des derniers en France. Sous l'Ancien Régime, les seigneurs de la ville avaient droit de haute justice sur leurs terres et pouvaient y prononcer la peine capitale. Des potences en bois étaient dressées sur six pierres rondes percées pour pendre les gens. Le gibet, installé sur un lieu de grand passage, était symbolique et dissuasif. En contrebas, Gaspard a remarqué unc ancienne grange transformée en entrepôt, avec une pancarte « À vendre ». Il a acquis l'endroit, sans eau ni électricité, puis l'a viabilisé et baptisé Le Gibet. Cet homme jovial et séducteur rédigeait devant le fleuve des textes documentés traitant de bourreaux, de supplices, d'horreurs. Il a légué à sa filleule cette maison à la vue incomparable en précisant dans son testament : « J'ai écrit pour qu'on n'oublie pas ce que les hommes se sont infligés les uns aux autres. Prune, je te souhaite à l'inverse d'écrire sur la joie et l'espoir. »

Elle a emménagé au Gibet, devant l'île des Impressionnistes et les eaux grises, au pire moment, elle n'était plus que l'ombre d'elle-même. Puis le printemps est arrivé, les lilas, les glycines et les rosiers ont explosé de couleurs, le soleil a joué sur les remous causés par les barges, et l'étrange beauté du lieu a, lentement, commencé à la guérir.

Un matin, elle a compris que cette maison la consolait du manque de Groix. Qu'elle avait troqué l'océan pour le fleuve, les voiliers pour les péniches. À Groix, elle vivait au rythme des marées et des horaires du bateau reliant l'île à la grande terre, des saisons, de la lumière et de l'eau. Au Gibet, elle vit au rythme des péniches, des événements sur l'île des Impressionnistes, des promeneurs de chiens, des joggeurs, et des ados amoureux.

Les visiteurs sont partis. Le westie gambade dans le jardin qui surplombe la Seine. Il est habitué à la surprise des étrangers qui découvrent Le Gibet. Lui aussi a été étonné quand il est arrivé. Il a grandi dans un élevage entre Chartres et Rambouillet où il était champion toutes catégories, son père s'appelait French Lover et sa mère Folie Douce. Il a été chien reproducteur, père de famille nombreuse, chef d'une lignée d'élite, tous classés excellents. Puis on l'a mis à la retraite à cause de son âge. Un de ses fils l'a détrôné, il avait fait pareil avec son père.

Il avait six ans quand Prune est venue le chercher et l'a emmené dans sa voiture. Ils ont roulé longtemps. Elle l'a posé par terre dans le jardin du Gibet où il s'est mis à trembler, oreilles couchées, queue basse, seul sans sa meute, face au fleuve. Ils ont mis deux semaines à s'apprivoiser. Maintenant c'est comme s'il avait toujours vécu là. Parfois, il rêve qu'il est encore dans son élevage, qu'il dort au milieu des autres. Au réveil, il se retrouve en tête à gueule avec Prune, et la vie reprend, tranquille.

Mais aujourd'hui, quelque chose a changé. Prune se sert un grand verre de vin, ça c'est normal. Elle le boit en contemplant la Seine. Ce qui l'est moins c'est le deuxième. Puis le troisième.

Le faire-part

Fleur et Merlin

ont la joie de vous faire part de leur mariage

qui sera célébré à l'île de Groix,
latitude 47° 38' 15" N, longitude 3° 27' 46" O,
en l'église paroissiale Saint-Tudy.

À l'issue de la cérémonie,
nous nous retrouverons
autour d'un vin d'honneur
sur la plage de Kermarec,
puis dans la salle de la SNSM
à Port-Tudy pour le dîner.

Prune

Le quotidien d'un écrivain ressemble à celui d'un étudiant, sauf qu'au lieu de réviser, il écrit. Il œuvre pendant des mois, tendu vers le seul but du point final. Puis de la publication. Lorsque, enfin, le livre est imprimé, quitte son entrepôt et arrive en librairie au milieu des autres, il doit se frayer un chemin. On ne le prend pas par la main comme un enfant à la rentrée des classes en lui disant que ça va aller et qu'il va se faire des copains.

Ensuite, il y a des jours solaires quand une bonne critique sort dans la presse ou sur les réseaux sociaux, quand l'auteur est convié à la télévision ou à la radio. Et des jours nuageux quand rien ne se passe, que les mots se terrent dans leur prison de papier, qu'on se demande à quoi bon ces heures, semaines, mois, si le texte ne rencontre pas ses lecteurs.

Le dernier roman de Prune est sorti depuis trois mois. Elle a répondu à des interviews, s'est prêtée au jeu des questions-réponses, elle a pitché l'histoire en tentant de changer les angles. Tous ses prochains week-ends sont pris par des événements littéraires, sauf un, celui du mariage de Merlin et Fleur. C'est leur second mariage et ils n'ont plus vingt ans, ce sont eux qui annoncent l'événement, sans liste de cadeaux, ils ont déjà tout en double, meubles, télévisions et vaisselle.

Une photocopie des horaires de bateau dans le sens Lorient-Groix le samedi, dans le sens Groix-Lorient le dimanche, est jointe à la liste des hébergements réservés par les mariés pour l'occasion. Ils ont ajouté un mot manuscrit : « Nous savons combien vous êtes occupée, mais on ne sait jamais ? »

Elle n'ira évidemment pas, rien que l'idée lui inspire de la répulsion. Plus jamais Groix, ni Lorient *a fortiori*, plus jamais une île du Ponant ni le Morbihan. À l'extrême rigueur un autre coin de Bretagne, le fin fond des Côtes-d'Armor ou la pointe du Finistère.

MP la regarde avec son joyeux air impassible, ce westie réussit le tour de force d'être à la fois clown et inexpressif.

« Si tu y allais quand même ? » disent ses yeux noirs.

Elle secoue la tête. Ridicule. Pas question. Elle est en pleine promo, rivée à son téléphone, prête à bondir pour épauler son livre. Elle ne connaît ni la famille ni les amis des mariés. Revenir à Groix serait si intensément douloureux, c'est inenvisageable.

— Tu ne peux pas comprendre, tu n'es qu'un chien, grogne Prune.

Pourtant l'insoutenable perspective d'embarquer

pour l'île fore un chemin dans sa tête, passe la barrière de sa calotte crânienne, s'insinue dans la partie fragile et vulnérable de son cerveau, là où siègent les émotions. Alors, comme chaque fois qu'elle est chamboulée, elle fait du pain. Plonger les mains dans la farine lui remet les pieds sur terre.

L'île de Groix l'a ensorcelée autrefois, elle l'attire encore autant qu'elle la pétrifie. Elle aurait voulu s'y marier, mais Quentin, enfant de l'assistance, était devenu un adulte disloqué. Il portait comme une croix le prénom dont sa mère l'avait affublé avant de l'abandonner : Quentin, cinq en latin, cinquième roue du carrosse, l'enfant de trop. Si différent des garçons que Prune, née dans une famille attachée aux traditions, côtoyait dans les rallyes mondains et pendant les vacances. Il ne dansait pas la valse, ne skiait pas, ne chassait pas, ne jouait ni au golf ni au tennis ni au bridge, ne portait pas de cravate, n'allait pas à la messe le dimanche, mettait ses coudes sur la table. Il n'avait aucune attache, un homme plein et vide à la fois. Le jour de sa majorité, il avait quitté sa dernière famille d'accueil sans se retourner. On lui avait appris à survivre, pas à s'aimer. On l'avait nourri, vêtu, traité convenablement, il avait un toit sur la tête et des copains d'école. Mais il était comme un esquimau sur la banquise auquel on décrit une plage tahitienne : la réalité de parents aimants lui était inconcevable. Il n'avait personne pour le guider ou le freiner, contrairement à Prune. Ils étaient des extraterrestres l'un pour l'autre, ce qui les rapprochait. Cet homme à la carapace de cynique avait pleuré le jour de la naissance de Bleuenn. Il avait promis au bébé : « Je serai toujours là pour toi. » Il n'a pas tenu parole.

Sourcils froncés, lèvres serrées, cœur caracolant, Prune cherche sur Internet les horaires des bateaux pour Groix, en se reprochant d'avoir jeté à la poubelle la photocopie jointe au faire-part. Les choses changent en dix-huit ans ; ce n'est plus la même compagnie qui assure la liaison maritime, la Morbihannaise de Navigation est remplacée par l'Océane. Ni les mêmes bateaux, *Kreiz Er Mor* et *Saint-Tudy* ne sont plus en service, aujourd'hui c'est *L'Île de Groix* ou *Breizh Nevez*.

Sans intention sérieuse, Prune consulte aussi les horaires des trains Paris Montparnasse-Lorient.

— Tu vois, explique-t-elle à MP, si un de mes personnages était convié à ce foutu mariage, il prendrait ce bateau puis ce TGV. Mais il dormirait où ?

Une liste de chambres d'hôtes est jointe à l'invitation, mais son héros préférerait faire cavalier seul. L'expression lui arrache une grimace. Quentin adorait les westerns, enfant il s'identifiait aux cow-boys solitaires chevauchant dans les plaines du Far West et protégeant l'orphelin – lui – et la femme seule – sa mère – du ranch abandonné. Prune n'était pas sensible aux westerns mais les visionnait avec lui par amour.

Il y a vingt ans, elle avait de nombreux amis insulaires. En vendant La Maison amande, elle a tranché au scalpel les liens qui la rattachaient à Groix. Ses amis se sont manifestés un moment, mais elle n'a pas donné suite et ils se sont lassés. Groisillons de souche ou résidents secondaires ayant posé leur sac dans ce havre de paix, c'étaient de belles personnes, des gens intenses et généreux. Certains faisaient chambre d'hôte. Pour les éviter, Prune cherche un gîte qui aurait ouvert récemment. Elle trouve L'Oiseau Limicole dont les jeunes propriétaires viennent de s'installer dans l'île. Le passé doit rester où il est.

De toute façon elle n'ira pas. C'était juste histoire de se renseigner, comme un enfant tend la main vers la flamme pour vérifier que ça brûle.

Fleur & Merlin

Ils se sont mariés civilement à Rouen hier, avec leurs enfants, des copains et leurs deux témoins : Thomas, le meilleur ami de Merlin, chirurgien orthopédiste, et Béatrice, la meilleure amie de Fleur, qui a racheté Aux Fleurs de Fleur. Puis ils ont tous dîné au restaurant, c'était chaleureux. Malheureusement, Béatrice va rater la noce insulaire à cause d'un décès dans sa famille proche. Fleur regrette mais compatit. Comme si cela ne suffisait pas, le fils de Thomas a été opéré de l'appendicite en urgence ce matin, inconcevable de le laisser pour faire la fête en Bretagne. Abandon des deux témoins par K.-O. Ils seront remplacés au pied levé à l'église par Julien, le petit frère de Fleur, et par Éva, amie d'enfance de Merlin et marraine de Coline. Si les mariés étaient superstitieux, ils en déduiraient que ça commence mal.

Ils montent pour la deuxième fois de leur vie sur le bateau. Le roulier met le cap sur l'île. Une Groisillonne âgée parle en dialecte bas-vannetais avec sa voisine :

— Demain les *tchulottes* vont *fruyer*, faudra *tenir bon sur le galuchenn.*

— Tu comprends ce qu'elle dit ? souffle Fleur à son mari tout frais du jour.

— Elle dit que tu es belle et que je suis un homme heureux.

Prune

Elle prend le RER puis le train, casque sur la tête, immergée dans *Philarmonics* de la chanteuse danoise Agnes Obel, volume à fond, si fort qu'elle ne peut plus réfléchir à rien, même pas à rebrousser chemin. Sa voisine et amie Marie-Sophie nourrira MP en son absence ; on n'emmène pas un chien à un mariage. Elle a hésité jusqu'à la dernière minute, s'est convaincue que cet ascenseur émotionnel lui sera utile dans un prochain roman. Ce n'est qu'un mauvais moment à passer. Quand on tombe de cheval on doit remonter en selle, elle aura mis dix-huit ans.

À Lorient, elle se promène le long du quai des Indes en regardant les bateaux pour rejoindre la gare maritime à la dernière minute. Le Vapeur, un nouveau café, propose boissons et snacks en terrasse aux passagers. Le bateau est plein. Elle a mis des lunettes de soleil et une casquette gavroche pour ne pas risquer d'être reconnue par d'anciens amis.

Elle monte jusqu'au pont supérieur, à l'air libre, près des fumeurs, des chiens et des touristes. Son morceau préféré d'Agnes Obel, *Riverside*, tourne en boucle. Les invités au mariage sont probablement là aussi, en tenue décontractée, elle les retrouvera tout à l'heure en habits de fête. Le bateau corne en quittant le port, le son lui mord le cœur. Il s'entend de partout dans l'île. Pour ceux qui ne font que passer, il n'est guère plus important que le sifflet du chef de gare quand le train s'ébranle. Pour les insulaires, c'est le lien avec la terre de leur caillou émergé.

— Tu n'es pas malade ? Fleur m'a dit que la traversée ne dure pas plus de cinquante minutes, crie une femme de l'âge de Prune à un vieil homme aux cheveux et à la moustache de neige.

Grand, élégant, sans doute sourd, il ressemble à un major de l'armée des Indes dans les romans d'Agatha Christie. Il est probablement le père de la femme dont le chandail jaune fait ressortir les yeux dorés.

— J'ai emporté des biscuits, tu as faim ? demande-t-elle.

Le vieil homme agite la main en détournant la tête, il est pâle, il a le mal de mer. Elle n'insiste pas. Un blond d'une trentaine d'années les rejoint, se penche pour embrasser la femme.

— Bonjour maman.

La femme lui ouvre les bras.

— Bonjour mon chéri ! Je suis heureuse que tu sois là, je ne t'avais pas vu à l'embarquement. C'est gentil de venir de si loin pour le mariage de ta sœur. Toi au moins tu as le sens de la famille.

Il serre la main du major, dit en haussant le ton :

— Ça n'a pas l'air d'aller, Amable ?

Le visage crayeux, l'autre hoche la tête sans répondre.

— Ta nouvelle coupe te va bien, maman. Elle est comment, la mère de la famille adverse ?

— Chhhhutt, Julien ! La mère de Merlin est morte quand il était petit, chuchote-t-elle.

— Ah, merde, désolé.

La mère de Fleur vérifie autour d'eux que personne n'a entendu. Prune récapitule. Amable n'est pas le grand-père de Fleur et de Julien puisque le jeune homme l'a appelé par son prénom. Donc… oui c'est le beau-père, les noms des dédicaces lui reviennent. Le bateau longe la citadelle de Port-Louis, puis les maisons anciennes de Larmor-Plage, avant de quitter le chenal pour entrer dans l'océan Atlantique.

— Amable est un cavalier d'exception mais il n'a pas le pied marin, murmure la mère au fils.

— Ton second mari n'est pas aussi parfait que tu le croyais ? plaisante Julien.

Sa mère fronce les sourcils.

— Je suis plus heureuse avec lui qu'avec ton père. Alors dis-moi tout de ton restaurant à Picton ?

— Je t'en parlerai plus tard, promis.

Il la salue en faisant mine de balayer le pont du bateau des plumes de son chapeau, puis s'éloigne. La mère de Fleur, énervée qu'il la quitte si vite, a le genou droit qui tressaute.

— Je ne suis pas aussi sourd que ton fils le croit, dit Amable.

Il pose sa main parcheminée sur celle de sa femme qui s'apaise à son contact. Mais elle s'agite à nouveau en apercevant des canots pneumatiques noirs qui foncent sur le *Breizh Nevez*, avec à leur bord des soldats en tenue de camouflage. Venue pour marier sa fille, va-t-elle se retrouver au milieu d'un attentat terroriste ? Les semi-rigides longent le gros bateau blanc, les soldats portent des cagoules, l'attaque est imminente. Des passagers se lèvent, s'approchent des rambardes. La mère de Fleur panique.

— Ne vous inquiétez pas, la rassure Prune, c'est juste un exercice, ce sont les commandos de marine basés à Lorient-Lanester.

— Il y a de quoi avoir un infarctus !

— Leurs nouveaux canots sont équipés de foils comme les monocoques du Vendée Globe, explique un passager, il paraît que c'est mieux pour viser, le bateau ne tape pas sur les vagues.

— Le commandant ne prévient pas ?

— Autrefois, si, dit Prune, mais je ne suis pas venue depuis longtemps.

— Vous êtes de Groix ?

— Non, je suis romancière, votre fille a lu un de mes li…

— Vous êtes Prune ! l'interrompt la femme dont le visage s'éclaire. Je m'appelle Anne, voici mon époux Amable. Fleur nous a parlé de vous. Ce mariage vous doit beaucoup.

Ils échangent encore quelques amabilités, puis Prune se réfugie à l'avant du bateau, là où il n'y a qu'un vieillard en fauteuil roulant dont les mains émiettent le vide. Elle fait dérouler ses playlists, choisit *Father and Son* de Cat Stevens. La chanson la ramène à ses parents qui ne comprennent pas pourquoi depuis dix-huit ans elle ne vient plus aux réunions de famille. Elle s'assied au fond de l'église aux enterrements, s'éclipse dès le dernier coup de goupillon. Elle envoie un cadeau généreux aux mariages et aux baptêmes mais ne se déplace plus.

— Tu nous manques, répètent-ils. Pourquoi nous fuis-tu comme ça ? Explique-nous, au moins ?

— Je vous aime, répond-elle. Mais c'est impossible.

Le vieux monsieur en fauteuil ressemble un peu à son père. Cheveux blancs, nez busqué, sourcils noirs, il est en costume gris, avec une pochette en soie rouge et des Clarks rouges. Julien, le frère de Fleur, s'approche de lui. Curieuse, Prune coupe la chique à Cat Stevens et écoute sans en avoir l'air.

— Ça va, Bon-Papa ? vérifie Julien en se penchant.

Le vieil homme le dévisage.

— Qu'est-ce que vous voulez, jeune homme ? Allez-vous-en !

— Je ne peux pas, on est sur un bateau. On est dans le même bateau. Je viens vérifier que tu n'as pas le mal de mer.

— Laissez-moi tranquille.

Julien soupire.

— Tu m'as joué un sale tour tout de même. Tu m'avais prêté cet argent, et je te l'aurais rendu dans un an, comme convenu, la quittance était signée, tu te souviens ? Pourquoi tu es allé raconter n'importe quoi à maman ? Tu t'es complètement mélangé les pinceaux. Je sais que tu as la cervelle en béchamel et que ce n'est pas ta faute, mais me traiter de voleur ?

— Vous êtes infiniment aimable, répond le vieil homme.

Julien secoue la tête. Il jette un regard vers Prune qui fait semblant d'être absorbée par sa musique, puis tourne les talons. « Toutes les familles ont leurs naufrages », pense Prune.

— Je préfère que mon petit-fils se débrouille seul, dit le vieil homme d'une voix claire et intelligible. Moi, personne ne m'a aidé. Les jeunes comptent trop sur nous.

Prune le dévisage, interloquée.

— Oui, je m'adresse à vous, madame. Vous écoutiez notre conversation. On ne me la fait pas, je suis un vieux crocodile. Vous aussi vous êtes punie ? Je veux dire : vous êtes de mariage ?

Prune retire son casque.

— C'est à moi que vous parlez ?

— Non, à l'empereur de Chine. Évidemment c'est à vous. Vous voyez quelqu'un d'autre à côté de nous ? Alors, vous allez au mariage ?

— Oui.

— Vous êtes qui ?

— Personne.

— Une jolie personne, ma foi. Les femmes sont le sel de la vie, chacune m'évoque une musique. Ma petite-fille Fleur me fait penser à la *Sérénade* de Schubert. Vous êtes de la famille du marié ?

Elle sourit.

— Non. Je n'ai rencontré Fleur et Merlin qu'une seule fois.

— Une étrangère ? C'est parfait. Vous n'entrez pas dans nos chamailleries. Ma famille me barbe. Ma femme Antoinette était époustouflante. Elle ne s'est pas réveillée un matin, il y a dix ans. Maintenant je vis seul avec Yvette, mon auxiliaire de vie. Ils n'ont pas encore osé me flanquer en Ehpad, pourtant ça les démange. Yvette devait m'accompagner aujourd'hui pour leur faciliter la tâche mais je le lui ai interdit. J'aime faire tourner ma fille en bourrique. Elle s'est remariée avec un vieux de mon âge, ce qui a le don de me mettre en rogne. La vengeance est un plat qui se mange chaud.

— Froid, corrige instinctivement Prune.

— Au contraire, chaud, brûlant même. Je vais passer un excellent week-end à leur casser les pieds. Je n'ai pas souvent l'occasion de rigoler, alors j'en profite. Vous n'allez pas me dénoncer ?

— Ce n'est pas mon genre.

— Un fauteuil roulant, c'est une tannée sur la plage. Un vieux qui ronfle à la messe, c'est gênant. Je suis champion en ronflements, vous verrez. Vous me donnez quel âge ?

— Quatre-vingts ? dit-elle pour lui faire plaisir.

— Vous n'êtes qu'une vile flatteuse. Je ne suis plus un jeune premier, j'ai quatre-vingt-quinze ans. Vous avez un cavalier pour le bal ce soir ? Je peux me mettre sur les rangs ?

Au point où elle en est, Prune accepte l'invitation du joli cœur monté sur roues.

— Vous n'avez pas d'alliance ? remarque-t-il en désignant sa main. Ils ont enterré ma femme avec la sienne. Je l'aimais, même si j'étais assez coquin. Vous avez des enfants ?

Prune, tendue, secoue la tête.

— Vous avez raison. Ce sont des sources d'emmerdements. Ils vomissent en voiture quand ils sont petits, deviennent désagréables en grandissant, après ils épousent des inconnus qu'il faut faire semblant d'apprécier. Et quand on vieillit ils attendent qu'on casse notre pipe pour toucher l'héritage. Ma fille a eu un premier mari sympathique, un garçon malin comme un singe, qui courait un peu trop la gueuse. Elle n'a pas supporté. Elle s'est remariée avec un ancien officier de l'armée de terre, quelle idée ! Moi j'étais officier de marine, prédestiné puisque je suis né sur un paquebot : mon père, diplomate, venait d'être muté, et ma pauvre mère a été obligée de le suivre, elle a accouché en plein Atlantique. Mon second gendre a fait une belle guerre, encore heureux, si ma fille avait épousé un collabo ou un lâche je l'aurais reniée ! Mais il est de ma génération, c'est grotesque. Alors je prétends ne pas les reconnaître, cela les énerve beaucoup. Sauf Fleur, qui a toujours été ma préférée.

— Ce n'est pas très gentil.

— Je m'emmerde à cent sous de l'heure, cent vieux francs, pas des euros. Ce mariage est une aubaine. Ma fille ne voulait pas que je vienne, Fleur a insisté.

— Elle sait que vous jouez la comédie ?

— Elle s'en doute. Nous avons toujours été complices. Avec Anne, sa mère, c'est différent. Elle était déjà sérieuse au berceau, sa menotte a toujours été froide dans la mienne depuis ses premiers pas. Vous savez pourquoi je me confie à vous ? Votre musique intérieure me plaît, je l'ai sur le bout de la langue, ça va me revenir. Mon Antoinette m'évoquait le *Concerto pour hautbois et cordes en ré mineur* de Marcello, le générique d'Antenne 2 à la fin des années 1970.

— Ah oui, avec les bonshommes bleus de Folon qui volaient.

— Tu t'es trouvé une compagne de voyage, papa ?

La mère de Fleur vient de les rejoindre. Face à eux, l'île emplit l'horizon, le bateau pique entre les deux balises d'entrée de port, la verte et la rouge, droit sur le café rose.

— Mon père ne vous a pas importunée j'espère ? chuchote Anne à Prune. Il peut parfois se montrer embarrassant.

— Je le trouve charmant.

— Son auxiliaire de vie a refusé de venir au dernier moment, c'est bien ma veine. Ceci dit, heureusement qu'elle existe, je la bénis chaque jour que Dieu fait.

Elle débloque les freins du fauteuil roulant.

— Nous allons débarquer, papa. Je dois aider Amable, mais Julien arrive pour te pousser.

— Amable ? C'est quoi ce prénom ridicule ? Et d'abord, qui êtes-vous ? Laissez-moi tranquille, ne me touchez pas.

Anne soupire, pose la main sur l'épaule de son père en un geste très doux.

— Tout va bien, ne t'inquiète pas. Nous sommes là parce que ta petite-fille Fleur se marie, tu te souviens ?

— Fleur ? répète le vieil homme dont les yeux s'illuminent.

Anne se tourne vers Prune.

— Mon père vit dans son monde. La seule personne de la famille qu'il reconnaît encore, c'est ma fille. Au début cela me peinait, maintenant j'en ai pris mon parti, elle doit lui rappeler ma mère. À quatre-vingt-quinze ans, il habite encore dans l'appartement où je suis née mais j'ai visité une résidence pour personnes âgées très confortable près de chez moi, je pourrai aller le voir tous les jours.

— Résidence pour personnes âgées ? répète son père. Pour le vieux type moustachu avec la canne ? Vous voulez vous en débarrasser ?

— Pas pour mon mari, pour toi ! s'exclame Anne sur un ton horrifié en tombant dans le piège.

— Ce vieux birbe est votre mari ? Par exemple, c'est fort de café !

Elle recule, bouche pincée, respiration rapide.

— Tu es infernal, papa. Julien, viens t'occuper de ton grand-père s'il te plaît.

Le jeune homme arrive, se charge du fauteuil tandis que sa mère retourne offrir son bras à son époux. Les deux anciens combattants usés mais portant beau se toisent, l'un courbé sur sa canne, l'autre droit comme un phare dans son fauteuil.

— Bonjour, mon cher beau-père, dit Amable avec une lueur dans le regard.

— Ce monsieur est votre papa ? demande Bon-Papa à sa fille avec un mauvais sourire.

Prune débarque. Son cœur danse une gavotte bretonne sur la passerelle. Elle se rappelle le jour où elle est descendue pour la première fois du *Kreiz er Mor* et a découvert avec ravissement le petit port. Elle subit encore le charme du lieu mais le drame d'il y a dix-huit ans la terrasse. Le café rose, les restaurants, les bateaux se muent en carte postale de vacances bordée du liseré noir des faire-part de deuil. Le café rose Chez Soaz est devenu Le Mojo. La capitainerie a changé, l'office de tourisme s'est modernisé.

— Vous êtes venue, quel cadeau vous nous faites, on n'y croyait pas ! s'écrie Fleur en s'avançant à sa rencontre. Maman, je te présente Prune, la romancière dont je t'ai parlé.

— Nous avons fait connaissance. Ton grand-père est déjà intenable, je ne sais pas pourquoi tu as tenu à sa présence…

— Pour que je me fasse des abdos, ironise Julien qui pousse le fauteuil dans la montée du quai.

— Je vais te relayer, propose Merlin. Bonjour monsieur, je suis le mari de votre petite-fille.

— Vous avez une bonne tête, approuve Bon-Papa. Fleur a toujours eu bon goût.

Anne lève les yeux au ciel tandis que Fleur embrasse son grand-père puis son frère.

— J'ai prévu une voiture particulière pour Bon-

Papa et Amable, explique-t-elle. Pour les autres, on a loué un bus qui va vous déposer dans vos chambres respectives. La messe est au bourg, vos hôtes vous expliqueront de quelle façon vous y rendre. Après on embraye sur le vin d'honneur à la plage. Puis le dîner de mariage, servi ici, dans une salle avec une terrasse privée donnant sur le port.

Elle désigne, à l'extrémité du quai devant le Café de la Jetée, le local de la station de sauvetage de la SNSM. Prune, surprise, reconnaît l'ancien abri du canot, édifié en 1949, et réhabilité.

Elle s'éloigne, sac sur l'épaule, passe devant le loueur de voitures et de vélos, le magasin de vêtements, découvre la Bière de Groix. Devant le bassin à flot, le restaurant a changé de nom, maintenant c'est Les Garçons du Port. Elle monte le raidillon en marmonnant : « C'est un beau jour pour se marier ! » Derek, le héros de *Grey's Anatomy*, déclare : « C'est un beau jour pour sauver des vies ! » chaque fois qu'il entre au bloc opératoire. Est-ce que ce mariage va la sauver ou l'achever ?

Le Cinéma des Familles existe toujours, près d'un autre loueur de vélos. Plus haut, la pharmacie est neuve, mais la poste et la maison de la presse sont immuables. Sur la place de l'église, Bleu Thé et la librairie font encore face au manège traditionnel de Régis avec le thon et la voiture de pompiers. Le magasin d'électroménager est devenu une épicerie fine. La petite mairie blanche d'angle reste identique à son souvenir. Les Caramels de Groix sont une nouveauté près de la crêperie. Le restaurant Le 50 fait désormais aussi cave à vin, ils savent qui est triste ou gai, qui a quelque chose à fêter ou à pleurer. Le thon en haut de la girouette de l'église scintille au soleil.

Le cœur de Prune a des ratés. Qu'est-ce qu'elle fout là ? C'est l'histoire de Merlin et de Fleur, pas la sienne. Aujourd'hui, elle n'est pas la marionnettiste, juste un personnage secondaire à la lisière de l'action. Presque un fantôme.

Fleur & Merlin

Le bus scolaire affrété pour l'événement quitte le port. Ouf, ils peuvent souffler. Les invités sont partis vers leurs chambres respectives. Le soleil brille, en Bretagne il fait beau plusieurs fois par jour.

— Il est incroyable ton grand-père, remarque Merlin. Quand je l'ai aidé à s'asseoir dans la voiture à côté de ton beau-père, il a grogné : « Vous n'allez pas me coller avec ce vieux type tout le week-end, je veux être avec de jolies femmes, pas coincé avec ce gâteux ! »

— Le jour du mariage de maman avec Amable, Bon-Papa a demandé très fort au milieu de la cérémonie : « Pourquoi ma fille est assise à côté de ce vieux barbon cacochyme ? Il est très riche ? »

— Ah oui, quand même…

Fleur hausse les épaules.

— Il est jaloux d'Amable qui est officier de la Légion d'honneur alors que lui n'est que chevalier. Ces deux héros décorés se livrent un combat de coqs.

— Je vois.

— Il en veut à maman d'avoir divorcé, il dit qu'elle aurait dû prendre un amant.

— Je t'interdis de prendre un amant !

— Ma famille est un puzzle d'engueulades. Maman refuse de croiser papa. Ça va être commode, elle n'a même pas voulu qu'il prenne le même bateau. Du coup il traverse en bateau-taxi pour ne pas faire de vagues.

— C'est le cas de le dire, rigole Merlin.

— Tu sais où sont Éric et Coline ?

— Ils ont préféré monter à pied. Je t'aime, dit Merlin en l'enlaçant.

Ils irradient de bonheur. Ils se sont donné un mal de chien pour que la fête soit une réussite. Les plans de table pour ce soir se sont avérés complexes, mais ils espèrent avoir contenté chacun.

Charlie

Il a débarqué dans l'île après le début de la messe. Il monte la côte. Un manège ancien trône sur la place de l'église, diffusant une musique d'orgue de barbarie. Les enfants tournent en riant aux éclats.

Il n'a pas revu sa femme ni son fils depuis trois ans. Les premiers temps, c'était un soulagement, un horizon de liberté infini, il n'avait plus charge d'âmes, n'était plus responsable de personne. Il flottait dans l'alcool, la fumée des pétards, la coke qui rend rapide et magnifique. Le temps passant, sa famille lui a manqué, à cause d'un jouet dans une vitrine, du regard d'un gosse dans la rue, de la nuque d'une femme. Ensuite, la douleur s'est transformée en mal perforant, mais plus il souffrait, moins il pouvait revenir en arrière.

— Je serai pirate plus tard ! clame un môme qui tourne juché sur le thon gris avec une selle beige et lui rappelle Éric au même âge.

Éric a quatorze ans, son visage a changé sur les photos de son compte Instagram. Charlie serre les poings. Quand une émotion le terrasse, il fouille sa mémoire à la recherche d'une situation semblable dans un film qu'il a vu au cinéma. Il prend du recul, le chagrin ne le frappe plus de plein fouet. Il cesse d'être Charlie, se mue en héros qui divorce, perd son boulot, surnage grâce à son courage et à son talent.

Il se souvient comme si c'était hier de sa première figuration quand il était ado…

C'était pour la télévision. Il était venu accompagner un ami au casting mais c'est lui que le casteur avait repéré parce qu'il ressemblait à James Dean. Charlie n'avait aucune idée de qui c'était, il s'est renseigné : un acteur mort au volant de sa Porsche à vingt-quatre ans, amant d'Ursula Andress, la femme fatale en bikini dans *James Bond contre Dr No.* Charlie a vu *La Fureur de vivre.* Il a adoré.

Il n'était que figurant, pas acteur. Un figurant doit être invisible, il joue le décor, la foule, on ne le remarque pas. Alors qu'un acteur a sa loge, son coiffeur, son maquilleur, son costumier ; le réalisateur et ses assistants le saluent, le rassurent, le cajolent. Les figurants arrivent en troupeau, passent entre les mains expertes de coiffeurs et de maquilleurs qui bavardent entre eux sans se préoccuper des têtes qu'ils coiffent ni des visages ou des mains qu'ils maquillent. Charlie était allé dans un entrepôt rempli de vêtements sur des portants. Il jouait « un invité de la fête » qui se déroulait l'été sur la plage. Sauf que le tournage avait lieu en automne, un jour où il faisait très froid. Les figurants étaient en bras de chemise, les figurantes en robes légères, tous avaient les lèvres bleues, claquaient des dents entre les prises malgré les couvertures que les assistants distribuaient dès que la caméra ne tournait plus.

On avait rasé ses boucles blondes, il s'était retrouvé avec une tête de militaire, les cheveux en brosse, un garçon différent. Le soir, en rentrant, sa mère lui avait dit : « Je ne te reconnais plus, tu as l'air plus vieux, plus sûr de toi ! » Il avait gelé, passé des heures à attendre, et n'avait pas eu l'occasion de parler aux têtes d'affiche. On lui avait servi un repas copieux sous la tente de la cantine. Il avait participé à un projet qui le dépassait, touché son rêve du doigt et de sa chair de poule. Une angine l'avait cloué au lit une semaine, mais il avait attrapé le virus du cinéma. Il était heureux, même sans loge, sans félicitations après la prise, sans applaudissements après son dernier plan, sans chauffeur venant le chercher ou le ramener, sans déjeuner avec le réalisateur. On ne guérit pas de ce virus-là. On s'adapte, on vit avec, on le transcende. Ou on y perd ses plumes et son âme.

Les parents de Charlie étaient fleuristes, il travaillait sur les marchés avec eux chaque week-end avant son bac, puis avait rejoint l'affaire familiale et renoncé à ses ambitions d'acteur. Il avait rencontré Fleur un jour de Saint-Valentin en lui livrant le bouquet offert par un autre, elle était ensuite venue les épauler. Il parlait souvent de son expérience de figurant, comme on évoque le souvenir d'un dessert ou d'un vin exceptionnel. Quand la productrice aux cheveux bleus l'avait arraché à son quotidien, elle lui avait offert le Graal.

Un retardataire ouvre la porte et se glisse dans l'église. Charlie aperçoit l'assemblée endimanchée, distingue devant l'autel le couple à l'honneur, sa femme et l'Autre qui la lui arrache. Il repense au film *Alexandre le Bienheureux*, à la musique de Vladimir Cosma chantée par Isabelle Aubret : « L'oiseau dans la clairière, la clairière bleue, siffle pour moi les jours heureux. » À Philippe Noiret, sur le point de se marier avec Marlène Jobert, qui décide de garder sa liberté et repart avec son chien. S'il entre, est-ce que Fleur va plaquer l'Autre pour venir avec lui ?

C'est en consultant le compte Instagram d'Éric la veille qu'il a découvert que Fleur se mariait dans cette île bretonne. Il a sauté dans sa voiture et roulé jusqu'à Lorient. Il a dormi dans le parking de la gare maritime, et a vu arriver sa belle-mère Anne, avec son père Gaston et son vieux mari. Il a failli sortir de la voiture quand il a vu Julien, mais s'est finalement ravisé. Leur bateau est parti. Il a pris le suivant, les vêtements fripés, la gueule navrée.

Et le voilà.

Pour se donner du courage, il entre au restau-cave Le 50 et choisit une bouteille. Comme il a faim, il jette un œil au menu.

— Le restaurant est fermé ce soir pour cause de mariage, lui dit-on.

Il encaisse.

— Vous avez un tire-bouchon ? C'est pour consommer tout de suite.

Charlie ressort, s'adosse au mur, vide religieusement la moitié de la bouteille. Il est prêt à entrer dans l'église.

La messe de mariage

Au début du XXe siècle, le quart de la population de l'île naviguait au thon. Symbole de l'histoire groisillonne depuis 1768, le poisson girouette trône en haut de l'église, il surplombe les baptêmes, les communions, les mariages et les enterrements. Aujourd'hui c'est la fête, les grandes portes rouges sont ouvertes.

Le couple vient de la grande terre, ce ne sont pas des insulaires. La mariée est entrée au bras de son père. Son promis l'attendait devant l'autel. La musique a jailli, les anges en pierre qui entourent l'ancre derrière le maître-autel protégeaient l'assemblée.

Étonnamment, le père de la mariée s'est ensuite installé au dixième rang au lieu de s'asseoir devant comme le veut la coutume. Des murmures surpris se sont élevés.

Il y a cela, cette église pleine de couples heureux ou blasés, et de solitaires qui regrettent leur isolement ou s'en félicitent. Il y a les mômes qui pouffent ; les mariés qui ont deux fois vingt ans mais s'aiment comme des gosses ; les deux ados d'honneur en jean et baskets. Et il y a Prune, ballottée, exsangue. Elle regrette la valse des corps, la brûlure sous la peau et le vertige quand on se jette dans l'amour comme dans une eau claire. Elle n'aimera plus personne, elle en est persuadée.

Prune a la foi du charbonnier mais elle n'est pas une pratiquante régulière. Bon-Papa dort, ou fait semblant, dans son fauteuil roulant. On l'a placé à l'extrémité du banc, au second rang. Ses ronflements sont convaincants, on dirait un petit cochon. L'ado assis près de lui sourit quand le niveau sonore atteint son apogée, et lui met la main sur l'épaule pour le réveiller. Il ressemble à Fleur, ce doit être Éric, l'arrière-petit-fils.

Après l'évangile et l'homélie, on appelle les témoins.

— Je te reçois, Fleur des champs, comme épouse et je te promets de te rester fidèle, dans le bonheur et dans les épreuves, dans la santé et dans la maladie, pour t'aimer tous les jours de ma vie.

— Je te reçois, Merlin l'enchanteur, comme époux, et je te promets de te rester fidèle, dans le bonheur et dans les épreuves, dans la santé et dans la maladie, pour t'aimer tous les jours de ma vie.

Prune se demande si les mots « Fleur des champs » et « Merlin l'enchanteur » ont vraiment été prononcés ou si elle les a rêvés. Le recteur bénit les alliances que les mariés échangent. Puis c'est la prière des époux, le texte écrit par chacun pour s'engager devant Dieu et les hommes.

Prune replonge des années en arrière. Ses parents lui en ont voulu de vivre avec son compagnon hors des liens sacrés du mariage, « à la colle » selon l'expression de son père, mais c'était inconcevable pour Quentin. Il répétait : « Maintenant j'ai une famille, tu es ma famille, je n'ai pas besoin de tout le cortège qui va avec. Épargne-moi ça si tu m'aimes ! » Elle s'était rendue à ses arguments.

Elle revient au présent, à l'île, à Merlin qui conclut par : « Fleur, tu es la cataracte opérée de ma vie, tu m'as rendu la lumière. »

Un friselis de rires parcourt l'assemblée, juste avant qu'un bruit au fond de l'église trouble le silence. Les têtes se tournent. Des visages durcissent. Des sourcils se froncent. Des bouches s'arrondissent. Les mariés, face à l'autel, ne voient rien.

— Je m'oppose à cette union ! clame une voix pâteuse.

Fleur se fige. Son dos se verrouille, sa nuque se crispe, elle plie l'échine mais ne bouge pas. Merlin au contraire pivote, regarde fixement l'homme qui s'avance vers eux d'un pas mal assuré. Des chuchotements montent des bancs.

— C'est Charlie !

— Le mari de Fleur ?

— Ex-mari, ils sont divorcés !

— C'est le père d'Éric ?

— Celui qui jouait dans une série télé ?

— Ah oui je connais sa tête.

— Il a l'air rond comme une queue de pelle !

Julien se lève, marche vers son ex-beau-frère et lui barre le passage. Un homme à la carrure de catcheur lui prête main-forte. Merlin esquisse un geste pour les rejoindre mais Fleur lui attrape le bras, elle n'offrira pas à Charlie la satisfaction de ruiner cet instant. Frustré et impuissant, Merlin brûle d'intervenir.

— Je m'y oppose, bordel de merde ! Fleur c'est ma femme, pas celle de ce tocard ! braille l'intrus.

Ses cheveux sont trop longs, il a une barbe de trois jours et ses yeux lavande sont injectés de sang.

— T'as pas le droit, beugle-t-il. Tu es ma femme. Éric est mon fils.

Les bancs s'agitent comme pour une ola mais il n'y a aucun ballon, seulement du malheur qui roule sans atteindre son but.

— C'est quoi cette embrouille ? demande quelqu'un.

Éric marche vers l'homme qui vacille, et l'attrape par le bras.

— Viens, papa, dit-il, vibrant de colère.

Charlie, hors de lui il y a une seconde, se dégonfle au contact de l'adolescent.

— Tu le sais toi que ta mère est ma femme, proteste-t-il mollement tandis qu'Éric, Julien et le baraqué l'escortent vers la sortie.

— Il est *chichté*, souffle un enfant de chœur à l'autre.

La porte de l'église se referme. Un silence retentissant s'abat sur l'église. Puis on murmure dans les bancs :

— C'était moins une !

— Il est gonflé de se pointer après tout ce temps !

— J'ai cru qu'ils allaient se battre !

Fleur presse fort la main de Merlin, et à travers ce geste, elle exprime sa certitude que rien n'entachera cette journée. Le recteur lève les bras pour rétablir l'ordre.

— Cet homme et cette femme, libres de tout engagement, se marient aujourd'hui devant Dieu. Nous allons poursuivre la cérémonie. Merlin, Fleur, que la paix revienne en vos cœurs. Comme nous l'avons appris du Sauveur, et selon son commandement, nous osons dire…

Certains tournent les paumes vers le ciel, d'autres s'agenouillent. Prune a du mal à respirer, elle transpire, il neige sur l'autel, des points blancs dansent devant ses yeux affolés. Elle se rassied. Les invités deviennent flous. Si elle s'évanouit maintenant, elle gâchera le mariage. Elle se raidit, respire à fond et lentement. Les points blancs sautillants s'estompent. Elle n'aurait pas dû venir. Elle va s'esquiver dès la fin de la messe, reprendre le premier bateau, retourner à l'abri au Gibet.

— Dans la charité du Christ, mes frères, donnez-vous la paix, dit le recteur.

On se serre la main en chuchotant. Prune sursaute, quelqu'un vient de lui toucher l'épaule. C'est inattendu mais pas désagréable. Un effleurement, presque une caresse. Elle se retourne.

— Ça alors, mon Fruit Défendu, murmure une voix basse venue du passé.

À cet instant, elle voyage quarante ans en arrière et

se retrouve au jardin du Luxembourg où elle se promenait avec l'homme qui vient de parler en sortant de leurs cours de littérature à la Sorbonne. Elle avait dix-huit ans et lui vingt ans, ils formaient un couple fusionnel, Prune était le Fruit Défendu, Pascal était le Pari Gagnant.

Ils ont changé, forcément, mais pas tant que ça. Il a toujours sa crinière de romantique et son regard noir perçant. Le costume lui va bien, il ne semble pas déguisé en mariage, son corps est coutumier de cette tenue. Que pense-t-il en la dévisageant ? La tristesse creuse ses joues et éteint ses yeux caramel. Le drame lui a fait perdre sa flamme. Autrefois elle avait du peps, du charme, de la joie. À présent elle a des lectrices et du goût pour raconter des histoires d'amour qu'elle ne vit plus.

— Qu'est-ce que tu fais là ? souffle-t-elle.

— Je marie ma fille, répond Pascal.

— Quoi ?

Elle a parlé trop fort. Une dame en tailleur à pois roses se retourne en fronçant les sourcils. La place près de Prune est vacante. Pascal quitte son banc et se glisse près d'elle.

— Fleur est ta fille ? chuchote Prune.

— Mon aînée. J'ai aussi un fils, qui vient d'exfiltrer le mari précédent. On se croirait dans un mauvais vaudeville.

— Pourquoi tu es assis au dixième rang ? Tu devrais être devant !

— Mon ex-femme ne supporte plus ma présence. Je me suis effacé en gentleman. Et je suis venu seul, sans ma nouvelle femme. Parce que je suis un bon gars.

— Parce que tu es un bon gars, répète Prune.

Ce n'est pas en ces termes qu'elle l'aurait jadis décrit. Pascal était drôle, imprévisible, ingérable, optimiste. Tout le contraire de Quentin, intrinsèquement en colère. Les deux hommes ont marqué Prune, ils ont fait battre le sang dans ses tempes et battre des montagnes en l'opposant à sa famille. Ils se méfiaient de Pascal, fils d'un diplomate français et d'une mannequin américaine, charmant, cultivé, séducteur ; et s'inquiétaient de Quentin, enfant de l'Assistance, fils de personne, assoiffé d'amour, débordant de fureur. Diane, la sœur quasi jumelle de Prune, a épousé un garçon poli, sortable, pas un mot plus haut que l'autre, un marié convenable et rassurant. Ni flamboyant ni cabossé, qui connaît sa place et y reste.

— Tu es mariée ? souffle Pascal.

— Séparée.

— Tu as des enfants ?

— Une fille.

Elle ne précise pas que l'enfant n'a pas grandi, il n'a pas besoin de le savoir. Elle ne ment pas. Elle ne vit plus avec Quentin et elle est une maman sans enfant.

— Tu as toujours tes parents ? demande-t-il. Tu te rends compte qu'aujourd'hui nous sommes plus vieux qu'eux quand on s'est connus ?

— Ils vont bien. Et les tiens ?

— Papa a eu un AVC mais il remonte la pente. Tu es heureuse ?

Les invités avancent dans la travée centrale pour communier. Pascal a toujours aimé poser les questions qui fâchent. Il était différent, sortait du lot. Par exemple, il disait que les aliments perdaient leur saveur si on parlait en mangeant. En conséquence, il se taisait pendant les repas. Les parents de Prune avaient du mal à supporter ça.

— Je suis heureuse de te revoir, dit-elle, bottant en touche. Et toi, tu l'es avec ta nouvelle femme ?

— Elle a trente ans, elle est sexy en diable, et enceinte.

Prune passe devant lui en lui écrasant les pieds, s'infiltre dans la file qui avance vers le prêtre, communie, puis revient à sa place. Pascal n'a pas bougé.

— Tu ne communies pas ?

— Non. Anne est devenue allergique à moi. Si je passe dans son champ de vision elle fera un choc anaphylactique.

Prune laisse échapper un petit rire. La femme aux pois roses se retourne de nouveau et les foudroie du regard.

Dans l'église, on se recueille, et chacun prie à sa façon.

Merlin : « Merci mon Dieu pour Fleur et ce bonheur auquel je ne suis plus habitué. Et fais que Coline n'apprenne jamais ce que je lui cache. »

Fleur : « S'il te plaît, protège Éric, Merlin et Coline, offre-nous de l'amour et des rires, on en a sacrément manqué ces dernières années. Fais que Charlie me fiche la paix mais s'occupe de son fils. »

Luigi, le père de Merlin : « Maintenant que mon fils a retrouvé le sourire, donne-moi la force de lui dire la vérité sur la mort de sa mère. Que cesse le mensonge. »

Pascal : « Je n'ai pas été parfait, mais je ne méritais pas l'épreuve que tu m'envoies. J'y ferai face avec dignité. Permets-moi de voir mon fils naître, c'est tout ce que je te demande. Et je ne suis pas contre une petite partie de jambes en l'air cette nuit. Prune est toujours aussi séduisante malgré son aura de tristesse. »

Anne : « Dieu, veille sur Amable et sur mon père en dépit des avanies qu'il me fait subir. Merci d'avoir envoyé à Fleur cet homme qui la rend si heureuse. Trouve une gentille femme pour Julien, il a besoin d'un coup de pouce. »

Bon-Papa regrette les prières en latin de sa jeunesse, quand il servait la messe en surplis blanc d'enfant de chœur : « Seigneur, merci pour ma Fleur, elle a mérité son bonheur. Laissez-moi m'amuser encore un peu avant de baisser le rideau. Empêchez-les de me caser en Ehpad. Et accordez-moi la grâce d'une mort rapide avec du panache. »

Coline : « Papa est vraiment heureux. Est-ce que ça gêne maman qu'il se remarie ? Est-ce que c'est grave si j'arrête le violon ? »

Éva, témoin de dernière minute : « Fais que Nico ne parte pas en vrille quand il apprendra que je le quitte. »

Prune : « Pourquoi elle ? Pourquoi nous ? »

La porte de l'église se rouvrira dans quelques minutes. Julien rejoindra sa place, s'adressera à Dieu : « Je l'aime. Comme Fleur aime Merlin. Alors, puisque c'est toi qui me l'as envoyé, débrouille-toi pour que ma famille nous accepte, sinon je n'aurais d'autres choix que de couper les ponts. Aujourd'hui c'est ma sœur l'héroïne, mais demain sur le bateau du retour je leur dirai tout. »

Éric

Il est sorti de l'église avec son père, son oncle et Nico, l'homme à la carrure de videur de boîte de nuit. Charlie tangue et vomit contre le mur de l'église, manquant de peu les baskets de son fils qui saute en arrière.

— Eh, fais gaffe !

— Désolé, hoquette Charlie.

— Vous avez mangé aujourd'hui ? demande Nico, l'armoire à glace.

Charlie cherche dans sa mémoire. Tiens, non. Il secoue la tête.

— Coca et sandwich, prescrit Nico. Vous restez avec lui ? Je retourne dans l'église, j'ai repéré une brune torride.

— Vous n'êtes pas le mari d'Éva ? s'étonne Julien.

— Les mariages sont faits pour donner des coups de canif dans le contrat. Ma femme aime le jogging sur la plage, moi je préfère le sport en chambre et je crois que j'ai une touche. Je vous laisse.

— On va gérer.

Ils enfilent une ruelle, débouchent sur une petite

place. Au café Le Triskell, ils commandent du Coca et un sandwich. Julien et Charlie s'entendaient bien dans le temps. Julien pose la main sur l'épaule de son ex-beau-frère.

— Elle t'a attendu des années. C'est trop tard maintenant.

— J'étais au fond du trou.

— Passe à autre chose, Charlie, c'est terminé. Vous êtes divorcés. Elle n'est plus ta femme.

— Ma vie est foutue, je n'ai plus rien, gémit Charlie.

— Sympa, intervient Éric d'une voix dure.

Julien attend que Charlie ait fini de manger pour se lever.

— Bon, vous êtes deux grands garçons, je vous laisse. Tu ne refous plus les pieds à l'église, on est d'accord ? Et si tu nous emmerdes ce soir, on te balance dans l'eau du port ! Et je ne déconne pas, prends le prochain bateau. Attends, je vérifie l'horaire.

Julien se renseigne au bar. Le dernier roulier du jour part dans une heure.

— Tu le prends ? Pas de blague ?

Charlie ment très bien, c'est essentiel pour un acteur.

— Tu as ma parole.

— J'aurais préféré te revoir dans d'autres circonstances, ou sur grand écran.

Le père et le fils se retrouvent en tête à tête.

— Tu as grandi, mon fils, dit Charlie avec émotion.

— Toi, t'as vieilli, lâche Éric, frémissant de colère. Content de savoir que t'es en vie.

— Écoute, j'ai enchaîné les boulots, rien qu'en ce moment je suis sur un énorme projet qui…

— Tu nous as abandonnés, comme un lâche, attaque Éric, le visage fermé. Tu t'es défilé.

— Vous étiez deux, se défend Charlie. Moi, j'étais seul, paumé, lessivé.

— Tu t'es barré ! Et maintenant c'est mort avec maman. Alors tu vas la laisser tranquille. Merlin, c'est carré, lui il est solide. Et j'ai gagné une demi-sœur. Au début, je me suis méfié parce que j'espérais encore ton retour.

— Je t'ai perdu, toi aussi ? demande Charlie en fixant son fils.

L'adolescent hausse les épaules.

— T'es mon père, j'ai pas le choix.

— Tu aimerais mieux être le fils de ton beau-père ?

— Arrête, c'est pas la question, s'énerve Éric. J'ai toujours l'impression que tu récites un dialogue pour la télé !

Il se lève, déplie son long corps. À quatorze ans, il fait une tête de plus que lui.

— Reste, je t'en prie, supplie Charlie.

Éric a un petit rire sans joie.

— T'as disparu trois ans, papa. Trois anniversaires, Noël, Pâques, grandes vacances, trois saloperies de fête des pères.

— Mais je te suis sur Instagram. C'est comme ça

que j'ai su, pour aujourd'hui. J'ai conduit toute la nuit.

— Tu me suis sur Insta ? Et c'est censé me faire plaisir ? En plus t'as pris le volant complètement beurré ? En risquant de tuer quelqu'un ou d'aller en prison ?

— Je me suis juste réchauffé en arrivant ici. L'alcool c'est comme une armure, le costume de Batman, la voiture de 007, ça rend invincible.

Charlie est en sueur, il a la tête qui tourne. Éric, frémissant de colère, est debout mais ne part pas. Charlie reprend espoir, raffermit sa voix pour ajouter :

— Ta mère sera plus heureuse avec ce crétin qu'avec moi.

— C'est pas un crétin, il est gentil, attentionné, drôle et il est médecin. Il est là quand on a besoin de lui, contrairement à toi.

— Au temps pour moi. Ta mère sera plus heureuse avec ce brillant médecin dont tu n'es pas le fils. Ton père est un poids, un raté, un loser.

— Si tu confirmes, c'est que ça doit être vrai…

Charlie se lève pour lui faire face.

— Les hommes font des erreurs. Redonne-moi une chance.

Le visage d'Éric reste cadenassé.

— Tu es revenu pour maman, pas pour moi. Et t'as encore tout gâché.

— J'ai changé de numéro de portable. Tiens…

Il tend à son fils une carte cornée.

— Où est-ce que ta mère part en voyage de noces ?

Éric soupire.

— Ça ne te regarde plus. Reprends le bateau, t'es de trop ici.

— Si je m'en vais, tu accepteras de me revoir ?

— Repars et tu le sauras.

Charlie avance la main pour prouver sa bonne foi.

— D'accord, je prends le prochain bateau. Je te le jure sur ma tête, et j'y tiens, je n'en ai qu'une.

Éric tourne les talons et s'en va.

Charlie retombe sur sa chaise, enfouit dans ses mains l'unique tête qu'il possède.

Sortie de l'église

La marche nuptiale fait trembler les maquettes de bateaux qui surplombent les fidèles, flotte dans la lumière des cierges, survole la chapelle de gauche, là où à Noël surgit une crèche géante avec de la mousse et de l'eau.

Puis la noce sort sur le parvis du père Ambroise Guillo. Prune remarque la plaque à son nom, en déduit que l'ancien recteur est mort, s'en attriste. Merlin et Fleur, solaires, s'avancent sous une pluie de riz et d'acclamations. Elle, radieuse, porte une robe crème fluide et des escarpins de conte de fées. Lui, le visage empreint d'une gravité heureuse, est en costume gris perle et chaussé de Converse assorties. Prune s'avance pour les féliciter. Fleur lui sourit et, apercevant son père à l'écart, lui fait signe de les rejoindre, elle se dit que ces deux-là ont des points communs.

— Prune, je vous présente mon père, Pascal. Vous vous souvenez c'est dans sa bibliothèque que j'ai trouvé votre roman, c'est donc grâce à vous deux que nous sommes là aujourd'hui.

Elle surprend le regard qu'ils échangent.

— Vous vous êtes déjà croisés ?

Pascal est plus rapide que Prune :

— On s'est rencontrés à une remise de prix, nous évoluons dans le même panier de crabes, dit-il.

Elle se souvient d'une soirée chez des amis – à l'époque où ils étaient en couple – et d'un type barbant qui leur avait demandé quel métier ils faisaient. Ils s'étaient prétendus détectives privés et avaient passé la soirée à décrire leurs filatures rocambolesques avec la complicité des autres convives qui n'avaient pas démenti.

— C'est exact. Le lauréat était détective si je ne m'abuse ? ajoute-t-elle, corroborant son mensonge.

Pascal comprend l'allusion et sourit.

— Comment va Silvana ? demande Fleur. J'aurais été ravie qu'elle t'accompagne, mais tu connais maman…

— Elle t'embrasse et vous félicite. Silvana a compris, elle préfère ne pas venir plutôt que craindre tout le week-end d'être poignardée entre les omoplates. Oh, attention, danger à bâbord, avion ennemi en vue, équipage en alerte, sous-marin en plongée, *mayday*, *mayday*, à plus tard ma fille !

Pascal s'éloigne en hâte tandis qu'Anne et son époux s'approchent à la vitesse modérée d'Amable.

— Tu as entendu ton grand-père ? Il a ronflé pendant l'intégralité de la messe ! soupire Anne.

— Ça n'a aucune importance maman.

— Pour toi peut-être, mais il me gâche la journée.

— C'est mon mariage. Un jour spécial. Peut-être l'occasion de faire la paix ? Et aussi avec papa ?

— Fais la paix avec Charlie si ça te chante, rétorque sa mère.

Fleur tressaille, encaisse.

— Autrefois, j'aurais bouté ce jeune impertinent hors de l'église d'une seule main, mais je n'en ai plus la force, regrette Amable.

— Rappelle-moi le programme des réjouissances, Fleur. Nous sommes d'accord, ton père ne sera pas assis avec nous ce soir ? vérifie Anne.

— C'est réglé, maman. Mais tu ne me facilites pas la tâche. Accroche un sourire sous ton nez et aide-moi à rassembler les invités, le bus va arriver. Il y a une voiture pour Bon-Papa et Amable.

— Merci pour tes attentions, murmure Amable. Tu es une mariée exquise.

Fleur

Je vois mon fils revenir et je m'écarte aussitôt des invités pour aller à sa rencontre.

— J'étais inquiète. Comment ça s'est passé ? Où est ton père ?

— Il a mangé, il s'est calmé. Il va cuver et reprendre le prochain bateau. Il ne t'embêtera plus.

Je regarde l'ado qui a partagé avec moi ces trois années d'épreuves. Dans quatre ans, il sera majeur. Je sangloterai le jour où il partira. Mais je ne serai pas seule, Merlin désormais m'accompagne.

— Je suis rassurée qu'il soit vivant, mais furieuse contre lui.

— Je m'en suis occupé, maman, pense à toi, c'est ta journée, dit Éric avec assurance.

Avoir un père pareil l'a fait mûrir plus vite, ce n'est plus un enfant, pas tout à fait un homme. Je soupire :

— On est passés à côté de la catastrophe. Merlin voulait intervenir, je l'en ai empêché. Imagine la scène : une bagarre entre mon nouveau mari et mon ex, en pleine église…

— Papa repart par le prochain bateau, il me l'a juré.

J'hésite à lui rappeler combien de fois son père nous a menti, puis je décide d'accorder à Charlie le bénéfice du doute.

Coline nous aperçoit et, silencieuse, se glisse près de nous. Je lui souris.

— Coline, ma belle-fille préférée !

— T'as pas le choix, je fais partie du package, riposte l'adolescente, espiègle.

— On fait des messes basses, ici ? demande Merlin en s'approchant.

Je leur propose brusquement :

— Et si on partait tous les quatre sans rien dire à personne ? En laissant se débrouiller tout seuls ceux qui ne veulent pas se côtoyer ?

— On peut pas abandonner Bon-Papa, objecte Éric.

— On l'emmène !

— Et Prune alors ? rappelle Merlin.

— Partons à six ? Nous sommes mariés, c'est bon. Ils remarqueront à peine notre absence.

— Mon père ne nous le pardonnerait jamais, tes parents non plus, dit Merlin.

Je glisse mon bras sous le sien.

— Tu ne peux pas me laisser rêver un peu ? Évidemment, on ne peut pas les planter. Demain à la même heure nous serons rentrés à Rouen. Charlie est vivant. Il n'a pas réussi à tout gâcher. Et nous sommes tous les quatre. Il ne peut plus rien nous arriver.

Je croise mes majeurs sur mes index, par superstition. Le plus dur est passé.

Vin d'honneur

Tous descendent sagement du bus scolaire qui les a conduits à la petite crique. Éric et Coline ont été chargés d'une mission délicate : répartir cinquante coupes de champagne sur les rochers repérés ce matin. C'est marée haute, un ruisseau coupe la plage en deux, un château de sable achève de se désagréger, une pelle en plastique oubliée fichée au sommet du donjon. Le sable est sec, le champagne Mercier blanc de noirs accroche les reflets des vagues, les micaschistes étincellent au soleil. Julien et Nico portent le fauteuil de Bon-Papa qu'ils installent devant l'eau.

Pascal et Prune se tiennent un peu à l'écart, lui pour éviter son ex-femme, elle parce que ce vin d'honneur se déroule trop près de La Maison amande.

Fleur frappe dans ses mains pour attirer l'attention, l'alliance neuve brille à son annulaire.

— Merci à tous, du fond du cœur, d'être venus aujourd'hui célébrer notre amour, dit Merlin en levant sa coupe. Certains le savent, si nous sommes ici c'est grâce à un livre que vous aurez bientôt la chance de découvrir. Prune Baud qui l'a écrit nous fait le plaisir d'être parmi nous, je voudrais lui porter un toast.

Prune préférerait être partout ailleurs que sur cette côte sauvage. Elle rejoint les mariés, lève sa coupe à son tour, gênée par les regards braqués sur elle.

— C'est la première fois qu'un de vos romans influe sur la vie de vos lecteurs ? demande Éva.

— Mon roman n'a été que le catalyseur, Fleur et Merlin y ont puisé ce qu'ils cherchaient. J'écris mes livres comme je fais mon pain. Je prépare la pâte, je dose les rires et les battements de cœur. Ensuite chaque lecteur le façonne et lui donne sa forme propre. Mais je serais bien incapable de créer une pièce montée, dit Prune en souriant.

— Buvons au bonheur de ma sœur et de Merlin ! lance Julien.

— Aux mariés ! renchérit Prune.

Ils boivent, rient, admirent l'océan. Quelle idée originale, ce vin d'honneur sur la plage. Pendant que les invités font connaissance, deux ados groisillons débarquent pour se baigner, le garçon retire son sweat-shirt marine à capuche avec « Île de Groix » inscrit sur le devant, son jean, ses baskets, et court vers la mer. Il nage d'abord vers la droite, puis oblique à gauche vers un rocher qui émerge de l'eau à cent cinquante mètres. La fille, une brune aux cheveux longs, frissonne dans le même sweat, version rouge. Éric la reconnaît, sa mère tient la chambre d'hôtes où Coline et lui dorment.

— Les vagues sont fortes, c'est pas dangereux ? lui demande-t-il.

— T'inquiète, il se baigne toute l'année, il est habitué, répond-elle.

— C'est plein d'algues, j'aurais peur de marcher sur un truc, dit Coline.

— Il y a trois ans, une baleine de seize mètres de long s'est échouée juste à côté, ça puait c'était dégueu et toxique.

— Dis donc, il nage loin, ton copain.

— Il s'appelle Dom, moi c'est Mathilde. On est groisillons, enfin avant Dom habitait à Paris mais plus maintenant. Son père était né ici.

Éric note l'imparfait. Dom, comme lui, a une pièce qui manque. Éric n'est pas orphelin, mais Charlie était comme mort pour lui.

— Il va toucher le crocodile, explique Mathilde.

— Il y a des baleines ET des crocodiles ?

— Haha mais non, regarde là-bas, tu vois le rocher ? Il a la forme d'un crocodile à marée basse. Le jeu, c'est de le toucher. Il faut connaître la passe pour l'atteindre. Tu es avec les gens du mariage ?

— Je m'appelle Éric. Ma mère vient de se marier, enfin, de se remarier. Et elle c'est Coline, ma demi-sœur.

— C'est ton père qui est venu *torrpenner* pendant la messe ? Tout le monde en parle.

— *Torrpenner* ?

— Faire sa mauvaise tête.

— Oui c'est mon père. Après trois ans d'absence, ça fait bizarre.

Il joue cartes sur table, parce qu'il s'en va demain, qu'ils ne se reverront pas.

— Ça va, mon petit-fils ? crie Pascal visiblement fier que la relève soit assurée.

Éric rougit.

— C'est mon grand-père. Sa nouvelle femme est plus jeune que ma mère, ils vont avoir un bébé, soupire-t-il.

— Et ta grand-mère elle en dit quoi ?

— Son nouveau mari a l'âge de mon arrière-grand-père. Ils sont tous fous…

— Tu avoueras que c'est extraordinaire de se retrouver tous les deux ici, dit Pascal à Prune revenue plus haut sur la plage. Moi qui pensais passer une soirée assommante !

— Tu n'es quand même pas brouillé avec toute ta famille ?

— Au moment du divorce nos cousins et nos amis ont pris le parti d'Anne. Mis à part Fleur et toi, le seul que j'apprécie c'est Bon-Papa. Je le soupçonne d'en rajouter pour énerver sa fille, c'est un rude gaillard.

Prune, fidèle à sa promesse, garde le silence.

— Et moi, je compte pour du beurre salé ? lance Julien qui a entendu.

— Je n'ai eu aucune nouvelle de toi depuis que tu es parti en Nouvelle-Zélande. Dix mois c'est plutôt long, rétorque Pascal.

— Je t'ai envoyé des mails.

— Des mails groupés… Tu n'avais pas une minute pour m'écrire trois lignes personnelles ? Me dire ce que tu ressens, si tu t'es fait des amis, si tu es tombé raide dingue d'une jolie Kiwi. Ne me sers pas la soupe commune, j'ai droit à un peu plus d'égards, je suis ton père, nom de Dieu !

Il a parlé fort. La dame à pois roses de l'église, ils ignorent qui elle est, le foudroie du regard.

— Vous vous faites mal voir, mais au moins vous mettez de l'ambiance, souffle en souriant un sexagénaire aux yeux bleus et aux cheveux poivre et sel.

— Prune, je te présente Luigi, le père de mon nouveau gendre. Bienvenue dans notre famille loufoque. Il mène où, ce sentier côtier ? Les murs ont des oreilles, ici.

— À droite il va vers Locmaria, affirme Luigi en dépliant le plan trouvé dans sa chambre d'hôtes.

— À gauche, il mène vers Locqueltas, la baie des curés et le trou de l'Enfer, poursuit Prune d'une voix qu'elle s'efforce de garder ferme.

— J'oubliais que vous connaissiez l'île, remarque Luigi.

— Je n'y étais pas revenue depuis longtemps. Mais faites-moi confiance, la vue est plus jolie à gauche.

— Moi je t'ai toujours fait confiance, contrairement à toi, balance Pascal.

Elle lève les yeux au ciel.

— Tu ne vas pas recommencer !

Elle tourne résolument le dos à la pointe des Chats,

prend la tête du peloton réduit. Les deux hommes la suivent docilement. Pascal bute sur une racine.

— Tu n'as pas les yeux en face des trous ? s'étonne Prune.

— J'ai oublié mes lunettes.

Le sentier côtier débouche sur un plateau herbeux piqueté de fleurs. Ils ne voient plus la crique ni les invités de la noce. Prune respire mieux à chaque enjambée qui l'éloigne de l'endroit maudit.

— Vous êtes médecin, Luigi, c'est ça ? se rappelle Pascal.

— Radiologue. Et vous êtes éditeur.

— Moi je suis multifonctions, ajoute Prune. Je change de peau selon les personnages de mes romans.

Une frange de rochers se détache sur le ciel, invitant à la contemplation. Ils s'asseyent, regardent l'océan en finissant leurs verres, plus à l'aise loin de la foule.

— Merci d'avoir fait l'école buissonnière avec moi, soupire Pascal. Allons rejoindre les bavards.

LE REPAS DE MARIAGE

Placement des invités

Table d'honneur

Merlin & Fleur
Anne & Amable
Bon-Papa
Luigi
Éva & Nico
Prune
Arzhur & Enora
Père Loïc

Table 2

Éric
Coline
Julien
Les cousins

Tables 3 et 4
Amis et collègues

Table 5
Parents éloignés

Table 6
Pascal

Le banquet

Le bus scolaire a redescendu la noce au port, sauf le duo des nonagénaires qui a été conduit en voiture. La salle louée à la SNSM est très haut de plafond avec une vue superbe sur la sortie du port. Jean-Louis, le chef inspiré du restaurant Le 50, est chargé des agapes. Les tables sont dressées pour la fête, le prénom de chaque invité est peint en blanc sur un galet, Merlin, Fleur et les deux ados ont tout préparé. Prune est placée à la table d'honneur, entre le recteur et le père veuf de Merlin. Ce serait drôle si ce n'était pas pathétique.

— Vous êtes de quel côté ? Le marié ou la mariée ? demande le recteur.

— Aucun des deux, je suis écrivain, un de mes romans se déroule sur l'île.

— Ah, oui, ils m'en ont parlé.

Il désigne, sur les assiettes, les livres qu'elle a dédicacés au Gibet.

— C'est donc vous ?

Elle hoche la tête. La table d'honneur se remplit. Les mariés au centre, côte à côte, cœur à cœur. Prune repère Pascal, relégué à l'autre bout de la salle, seul à une table. Elle ne peut s'empêcher d'en éprouver de la peine.

— Je crois que vous n'avez pas été présenté à mon père, Luigi, dit Merlin.

— Nous avons fait connaissance pendant le vin d'honneur.

Il y a deux places vides à côté du recteur.

— Ce sont les hôtes groisillons du gîte dans lequel nous dormions quand Merlin m'a demandé en mariage, explique Fleur.

Prune espère qu'elle ne les connaît pas. Julien roule Bon-Papa jusqu'à Anne, puis s'éclipse pour rejoindre la table 2, sinon ils auraient été treize. Le vieux monsieur lance un clin d'œil à Prune avant de froncer les sourcils en regardant sa fille :

— Je ne sais pas qui est cette dame, changez-moi de place !

Anne grimace.

— Voyons papa, c'est moi, je t'aiderai à manger.

— Je ne suis plus un bébé, proteste-t-il. Et arrêtez de me tutoyer, on n'a pas gardé les cochons ensemble. Je préfère être assis à côté de ma camarade du bateau, ajoute-t-il en désignant Prune.

Anne pique un fard, excédée.

— Échangeons nos places, propose gentiment le recteur.

Bon-Papa se retrouve à côté de Prune, encadrée maintenant par un veuf et un nonagénaire. Le vin la consolera. Elle n'est jamais saoule, consciente de la frontière entre la belle ivresse et la triste biture. Pas besoin de conduire, elle rentrera à pied. Elle ne *cabanera pas dans le beunal*, elle *n'attrapera pas une pièce de chtoquatte*, comme disent les Groisillons. Pourvu que le repas ne s'éternise pas, elle ne peut décemment pas partir avant le dessert. Elle s'échappera dès que les couples se mettront à danser.

MP lui manque. Si elle était restée au Gibet, elle serait installée avec lui sur le canapé, devant la Seine qu'elle préfère à n'importe quel écran. Avec un verre de vin rouge à la main, en train d'écouter le groupe Måneskin et leur chanson *Torna a casa*, reviens à la maison.

— Autrefois, dit Luigi, les parents organisaient les mariages, invitaient famille, amis et relations. Aujourd'hui, les mariés ont pris le relais. Les parents sont conviés parce qu'il le faut, mais certains s'en passeraient bien.

— N'écoutez pas ce que dit mon père, conseille Merlin à Prune. Il a prétendu qu'il était de garde pour couper au pensum. Heureusement que je ne me suis pas laissé faire.

— J'ai un truc imparable, quand je ne veux pas ou ne peux pas faire quelque chose. Au lieu de refuser bêtement, je dis : « Malheureusement ça ne va pas être possible. » C'est une phrase magique, empathique, et aussi tranchante qu'un scalpel.

— Mais ça n'a pas marché et du coup vous êtes coincé avec moi ? dit-elle, amusée.

— Je ne voulais pas être désagréable, excusez-moi. Voyons le menu… Moules et praires en entrée et homard en plat principal.

— J'aime beaucoup les praires, dit Prune avec une lueur dans le regard. Elles m'ont été d'un grand secours pour assouvir une vengeance.

— Prune ? les interrompt une voix. C'est toi ?

Arzhur et Enora n'ont pas tellement changé en dix-huit ans. Lui a un peu moins de cheveux, un peu plus de ventre, toujours sa vareuse de marin. Elle, le même charme élégant que dans le temps, fidèle au noir et blanc.

— C'est vraiment toi ? répète Arzhur. Tu es revenue ?

Les conversations s'arrêtent. On les regarde.

— Vous vous connaissez ? s'écrie joyeusement Merlin.

La dernière fois que Prune a dîné avec Arzhur et Enora, elle était heureuse, insouciante, jeune maman. C'étaient des amis proches.

— Tu nous as manqué, dit Enora.

— Tu es toujours au Gibet ? demande Arzhur.

— J'habite à côté d'un ancien gibet seigneurial, explique Prune au reste de la tablée.

— Vous avez du courage, frissonne Anne. Je ne pourrais pas, je suis superstitieuse, j'aurais peur que les pendus hantent mes cauchemars.

— Sur une note plus gaie, il est temps de porter un nouveau toast aux mariés, lance Luigi. À Fleur et à Merlin !

Les autres font chorus.

— J'en connais qui vont être heureux de te savoir ici, glisse Enora à Prune. Je vais organiser un pot demain à la maison avec toute la bande. Qu'est-ce que tu en dis ?

— Malheureusement ça ne va pas être possible, je repars par le premier bateau, répond Prune, testant la phrase imparable de Luigi.

Ce dernier hoche la tête pour la féliciter.

Discours de Luigi

Le père de Merlin se lève, tendu, conscient de la solennité du moment. Toute la tendresse du monde est concentrée dans le regard qu'il échange avec son fils. Le jour du mariage de Merlin avec Jeanne, sa première femme, Luigi avait une extinction de voix et n'avait pas pu prononcer son discours. Un ami l'avait lu à sa place, mal, butant sur les mots, savonnant les phrases, il l'avait bousillé. Stressé ce matin, Luigi s'est gargarisé à l'eau chaude et au miel pour mettre toutes les chances de son côté.

Aux tables voisines, on remarque qu'il est debout et peu à peu le brouhaha des conversations cesse. Luigi prend son temps, puis se lance :

— Merlin, c'est merveilleux de te voir avec Fleur. Quand elle est entrée dans ta vie, et par capillarité dans la mienne, ton visage est redevenu celui d'un homme heureux. Certains d'entre vous le savent, je suis radiologue. Une radio s'interprète à l'envers, ce qui est à gauche sur le cliché est à droite chez le patient. Elle se lit comme un livre, de gauche à droite et de haut en bas. On a le choix entre plusieurs incidences : face, profil, axial, oblique. Je t'ai examiné attentivement, mon fils. Sous toutes les incidences, tu es amoureux. Pour les non-radiologues, incidence signifie aussi conséquence, répercussion. L'incidence de l'arrivée de Fleur est visible à l'œil nu, ce qui te parlera étant donné ta spécialité !

Des sourires polis fleurissent autour des tables.

— Je suis navré de souligner le point suivant en public, mais tu n'es plus un gamin. Je retrouve avec joie tes copains d'autrefois, ça me rajeunit. Les petits cons qui jouaient de la guitare dans notre garage sont devenus des pères de famille respectables, je n'aurais jamais cru cela possible.

Nouveaux rires.

— Je suis fier de toi, mon fils. Pas seulement parce que tu épouses une femme exquise, mais parce que tu es un type droit dans tes bottes. Tu as mené ta barque avec dignité, aidé par le moussaillon Coline, ma petite-fille préférée. Merlin, Fleur, je vous souhaite du bonheur, des rires, des arcs-en-ciel de joie. Éric, je suis ravi d'avoir un petit-fils si tu veux bien de moi comme grand-père supplémentaire.

Il devient plus sérieux.

— Voilà, mes enfants. J'aurais pu m'arrêter là. Mais si tu es ici ce soir, avec à ton bras cette ravissante mariée, c'est aussi parce que j'ai aimé ta mère. Je ne peux pas ne pas l'associer à un si beau jour. Ma femme Laurence et moi aimions Édith Piaf. Lorsqu'elle a perdu l'amour de sa vie, le boxeur Marcel Cerdan, elle s'est relevée, puis a aimé Théo Sarapo, qui a disparu à son tour. Quand, dans une interview bien plus tard, un journaliste a demandé à Piaf : « Qu'est-ce que vous avez attendu de l'amour ? » elle a eu cette réponse admirable : « Ce qu'il m'a donné. Je n'ai jamais été déçue. » Je suis de son avis : l'amour ne m'a jamais déçu. J'ai été magistralement heureux pendant quinze ans avec ta maman, elle m'a donné plus de bonheur que je n'en pouvais espérer. L'amour est une chance formidable. Et moi, je suis verni de vous avoir. C'est magnifique d'être là aujourd'hui, avec vous tous qui avez débarqué dans cette île pour leur témoigner votre affection. Buvons, dansons, festoyons à votre bonheur, mes enfants ! »

Il se laisse tomber sur sa chaise, vidé. Il sort parfois avec des femmes depuis que Laurence n'est plus là. Il les étreint pour ne pas se sentir mort, pour garder de la vie entre ses bras, pour se prouver que tout ce qu'il touche ne disparaît pas. Mais il leur annonce la couleur d'entrée de jeu :

— Je suis un homme marié.

— Je croyais que tu avais perdu ta femme ?

— Je ne l'ai pas égarée comme des clefs de voiture. Elle est morte. Mais je l'ai épousée. Je suis marié.

— Et veuf !

— Un veuf marié.

Elles ne comprennent pas. Il se sent encore plus marié, aujourd'hui. Il espère que, où qu'elle soit, sa femme a apprécié son speech.

Ce matin, il a repensé au jour qui a changé sa vie…

Il avait rencontré Laurence dans un tonus, une fête à l'internat de médecine. Elle subjuguait tous les types. Ils étaient dans le même service, en chirurgie pédiatrique. Laurence détestait faire des points de suture aux enfants, alors Luigi s'en chargeait à sa place.

— C'est pour me draguer, ou parce que tu es un chic type ? avait-elle demandé.

Luigi, plutôt timide, avait osé :

— Parce que je suis l'homme qu'il te faut.

Elle l'avait dévisagé en riant.

— Ôte-toi cette idée de la tête. Je ne suis pas un cadeau, tu le regretterais.

— Je te parie le contraire. On pourrait essayer pour voir ?

— J'ai fait une promesse qui m'empêche de m'attacher à quelqu'un.

— Une promesse à qui ?

— À moi-même. Je suis la femme qu'il ne te faut pas.

— Explique-toi ?

Il avait souri, croyant à un jeu. Elle lui avait assené la vérité. Il était resté pétrifié.

— C'est une blague ?

— Non. Un serment. Si tu persistes, tu devras affronter ça. C'est à prendre ou à laisser.

— Alors, je prends.

Merlin

Mon père se rassied sous les applaudissements. Je lui suis reconnaissant d'avoir invité maman à table avec nous. Elle aurait dû être là, avec des rides de sourire et du rimmel qui coule sous le coup de l'émotion.

Fleur a eu un moment de panique ce matin. Elle doutait de notre choix. Avons-nous eu tort d'organiser cette fête ? Après l'irruption en pleine messe du titubant Charlie, elle m'a chuchoté devant l'autel : « On va leur prouver que l'amour existe. »

L'entrée, cassolette de moules de Groix et praires, était délicieuse. Fleur fait signe à sa mère en tapotant sa montre. Ma belle-mère, très digne, propose à son mari d'aller prendre l'air. Il décline, il n'a pas fini son assiette. Alors elle sort seule, les épaules tombantes.

Fleur cherche son père du regard à l'autre bout de la salle. Elle lui a proposé de le placer à n'importe quelle table, sauf la sienne, pour éviter un clash avec sa mère. Mon beau-père a choisi de dîner seul.

Discours de Pascal

Les invités bavardent en jouant de la fourchette et du couteau aux autres tables. Pascal ne comprend pas comment ils peuvent parler et mastiquer en même temps. Son cerveau s'y refuse. Ado, il a été anorexique, on l'a séparé de ses parents, hospitalisé, mis sous perfusion. Et puis un jour, un jeune interne est arrivé, qui a eu cette idée loufoque : le faire manger en silence, en conscience, en concentration. Et ça a marché. Il a repris du poids. On a cessé de compter ses côtes. Il a refait du sport, gagné du muscle, retrouvé sourire et envie de vivre. On l'a libéré. Il est rentré chez lui, s'est assis à la table familiale. Pas d'appétit, rebelote. Il a demandé à dîner en silence à la cuisine. Et il a eu de nouveau faim. Depuis, il prend tous ses repas sans parler.

Ces dernières années, il a enchaîné trop de déjeuners professionnels. Les écrivains sont de bons vivants, ils veulent la totale, entrée, plat, dessert et vin. À croire qu'ils se serrent la ceinture tout le mois pour faire bombance aux frais de leur éditeur. Mais il mange en silence, ses auteurs le connaissent et s'en accommodent. C'est un moyen efficace pour deviner leurs caractères : les tricheurs ne supportent pas son mutisme, ils trémulent du genou, tremblent de la cheville, consultent leur portable. Les sincères savourent et se livrent. Les radins choisissent les plats les plus chers. Puis, une fois le café bu, ils entrent enfin dans le vif du sujet.

À travers la salle, il voit son ex-femme se lever. Anne ne le supporte plus, elle s'éloigne, drapée dans sa dignité et son pashmina, sans son Amable. Le type est cultivé, il a de l'humour, mais elle a épousé son père, choisi la sécurité.

Pascal met le cap sur la table d'honneur dont il a été exclu. Bute contre un serveur qui manque de renverser son lourd plateau. Heurte un enfant qui court. Enfin il atteint son but, sourit à Fleur. Il avait de l'affection pour son premier gendre, mais il savait Charlie flingué d'entrée de jeu, trop fragile. Ils ont eu de bonnes années, cela n'a pas duré. Ce second gendre, Merlin, semble plus consistant.

Après le discours poignant de Luigi, Pascal décide d'être drôle et bref.

— Fleur, ma petite fille, quand tu es née, j'ai été le plus heureux des hommes. Mais j'ai su tout de suite qu'un jour tu tomberais amoureuse d'un inconnu boutonneux et que je ne serais plus l'homme de ta vie. Au moins, j'aurai été le premier ! Merlin, je vais être sincère avec toi : tu n'es pas du tout, du tout, du tout, le gendre rêvé pour un père.

Une pause.

— Tu es beaucoup trop bien ! Et tu vois loin, ce qui est plutôt de bon aloi pour un ophtalmo. Moi aussi je sais faire des mauvaises vannes, cher Luigi !

Sourires polis du public.

— Mes enfants, vous vous aimez, c'est le plus merveilleux cadeau de l'existence. Éric, mon petit-fils, tu gagnes une demi-sœur au Loto de la joie. Fleur, ta mère et moi ne t'avons pas donné le meilleur exemple de famille unie. On dit souvent aux enfants de parents séparés qu'ils ne peuvent pas comprendre, que ce sont des histoires de grands. Fleur, Merlin, la vie vous a ballottés, vous n'êtes plus naïfs. Le génie de la lampe, les trèfles à quatre feuilles, les étoiles filantes qui exaucent les vœux sont des inventions d'adultes. Mais les miracles existent, et l'amour en est un.

On devrait dire qu'on « embarque amoureux » puisqu'on appareille à deux ! On dit qu'on « tombe amoureux ». Ensuite on se relève, on prend la main de l'autre, et on court vers la plage. Fleur, Merlin, mes enfants, je vous souhaite une course magnifique dans les criques de votre vie commune.

Pascal sourit à la ronde tandis qu'on l'applaudit. Fleur est émue. Merlin le remercie d'un signe de tête. Amable vide prestement son verre avant le retour de sa femme qui le surveille et le réfrène, et le tend pour qu'on le remplisse exactement au même niveau. Bon-Papa, la tête affalée sur sa poitrine, émet un ronflement sonore.

— Beau discours, dit Luigi.

— J'ai tenté de me mettre à votre niveau ! répond Pascal.

Quel échange d'une banalité navrante. La journée veut cela, on dégouline d'amour, de compliments, d'amabilité, même si on trouve hideuse la robe de la voisine, stupide la conversation du voisin, même si on ne croit ni en Dieu ni au couple, qu'on a envie d'étriper son conjoint ou de se faire la malle. Pourtant il y a quelque chose de poétique, d'irrationnel, quelque chose de l'enfance, à se rassembler autour de deux personnes qui s'étreignent avant de s'envoyer en l'air. Même les plus cyniques, les plus méfiants espèrent que c'est possible, cette fusion esprit-peau, trouver son âme sœur. Merlin et Fleur en ont bavé avant de se rencontrer, ils méritent ce qui leur arrive.

Pascal embrasse la salle du regard. Luigi paraît proche des amis d'enfance de son fils, alors que lui connaît à peine ceux de Fleur. Tous deux étaient pareillement accaparés par leur boulot et rentraient tard à la maison, mais Pascal n'avait pas de temps à perdre en enfantillages. Il a commencé comme attaché de presse, puis est devenu l'amant d'une éditrice branchée, tout s'est enchaîné. Et déchaîné. Nommé assistant d'édition, il a bossé comme un damné, s'est rendu indispensable et charmant. Promu responsable d'une petite collection dans un grand groupe, il l'a quitté parce qu'il ne pouvait pas monter plus haut. Il a ensuite rejoint une maison à taille humaine où il est devenu le bras droit du patron. Lequel a eu mal au bras gauche un matin, puis à la mâchoire, puis à la poitrine, avant de s'effondrer sur une pile de manuscrits. C'est ainsi que Pascal est devenu calife à la place du calife.

Il traverse la pièce jusqu'à sa table solitaire. Il aperçoit Anne qui revient. Il n'a pas demandé à sa fille pourquoi c'est lui, et pas son ex-femme, qui a été chassé de la table d'honneur. Ils auraient pu tirer à la courte paille ou le jouer à chi-fou-mi pour être équitables. Il a beau être gentleman, il n'aurait pas abandonné ce privilège, il aurait laissé le destin trancher. Au lieu de cela, Fleur l'a mis devant le fait accompli et le voilà devant les toilettes.

Des invités ignorant leurs dissensions le contemplent avec étonnement et l'invitent du geste à leur table. Il secoue la tête, veut seulement qu'on lui fiche la paix. Le souriant éditeur dandy reste intérieurement le petit garçon anorexique et triste qui se voyait obèse.

Prune

Elle se demande quel aurait été le discours de son père si elle avait épousé Quentin. Elle rêvasse, avant de se rendre compte que tous les regards sont braqués sur elle. Luigi se penche et chuchote :

— C'est à vous !

— À moi, quoi ?

— De prendre la parole. On vous écoute !

Éberluée, elle cherche du secours du côté des mariés qui sourient pour l'encourager. À cette minute elle les déteste. Elle n'est pas de leur famille. Il n'y a aucune raison.

— Mais non, souffle-t-elle.

— Mais si ! proteste la table entière.

Elle prend souvent la parole en public pour promouvoir ses livres, elle prépare à l'avance des phrases choc, présente ses personnages, partage sa passion, transmet aux jeunes l'aventure de la lecture. Franchement, elle est mal placée pour parler d'amour. Un souvenir la sauve. On est à Groix : saint Tudy, menhir, solidité. C'est bon, elle a son accroche, il ne reste plus qu'à filer la métaphore. Ouf.

— Merlin et Fleur, vous avez bravé des épreuves, enjambé les soucis, triomphé sans choir. Vous êtes aujourd'hui devant nous, main dans la main. Saint Tudy, le patron de Groix, est arrivé ici d'Écosse au Ve siècle sur une barque de pierre en forme de menhir. Nous sommes arrivés ce matin d'horizons divers, par bateau. Groix a cette propriété incroyable des îles, c'est un bocal à émotions, les amours y naviguent *hatoup*, toutes voiles dehors, les vents y sont vos amis. Ces formidables vents bretons aux noms musicaux, le *gwalarn* qu'on appelle noroît ailleurs, le *mervent* qu'on appelle suroît, le *kornog* qui vient de l'ouest. Je vous souhaite du soleil pour vous réchauffer, du *gwalarn*, du *mervent* et du *kornog* dans vos voiles, de la pluie pour abreuver la terre, et de l'amour solide comme un menhir pour tenir le gouvernail !

Elle se rassied, soulagée.

— Une barque de pierre, c'est le cas de le dire, le mariage c'est la corde au cou et les pieds coulés dans le béton, dit trop fort Nico l'armoire à glace en souriant à la jolie brune gênée de la table voisine.

Un silence suit sa remarque. Éva le fusille du regard.

— Je ne comprendrai jamais pourquoi Éva a épousé ce type insortable, souffle Merlin en se penchant vers Fleur.

Nico remarque le mouvement, devine qu'on parle de lui, hèle Merlin :

— On n'a plus le sens de l'humour ?

— Laisse tomber.

— Oh, ça va, doc. J'envie la nuit que tu vas passer, chez moi c'est soupe à la grimace et ceinture !

Éva frémit.

— Je suis vraiment désolée, dit-elle à Merlin.

— C'est moi qui devrais être désolé ! grogne Nico. L'hôtel du cul tourné, c'était pas dans le contrat de départ.

Éva serre les dents, puis se lève pour ne pas gâcher la fête de son ami et se dirige vers la sortie. Nico la suit en grognant :

— Où tu vas ? Qu'est-ce que j'ai encore dit ? Arrête !

— Il est con et arrogant, mais il s'occupe avec une patience d'ange de leur petite fille handicapée, soupire Merlin.

Les conversations reprennent. Le plat arrive, ravioles géantes de homard sur lit de fondue de poireaux. Les ravioles sont exquises, moelleuses, légères et subtiles. Personne n'est allergique aux fruits de mer, les mariés s'en sont assurés.

— Vous disiez tout à l'heure que les praires vous ont été utiles ? demande Luigi à Prune, reprenant la conversation interrompue.

Elle s'explique.

Quand elle a découvert avec qui son ex-compagnon la trompait, elle s'est vengée, pas au revolver ni au poison, non, à la praire, une vendetta imparable. La scélérate les avait invités pour un week-end dans sa résidence secondaire du Finistère, fin août, juste avant de fermer l'endroit pour l'hiver. Rien à voir

— Quel type censé aimerait que sa femme passe ses week-ends dans les fêtes du livre, à papillonner avec des bébés écrivains aux yeux de velours ? Je lui ai conseillé de se faire désirer au sens figuré. Et notre enfant naîtra le mois prochain, elle aura de quoi s'occuper.

— Tu n'es qu'un affreux misogyne.

— Je suis réaliste. Tu es sur les routes la moitié de l'année, ne me dis pas que tu dors seule ? Quel âge a ta fille ? J'ai eu Fleur très tôt, ce n'était pas du tout prévu. La tienne est sûrement plus jeune ?

Le visage de Prune se cadenasse.

— Je dois y retourner, je les ai laissés en plan.

— Dis-leur qu'on parlait business, Fleur est habituée, j'ai été un père absent. J'ai raté ma famille, réussi ma vie professionnelle. Si c'était à refaire, je ne changerais rien. Les enfants partent un jour, les livres nous restent fidèles. La preuve, sans le tien, on ne se serait pas retrouvés aujourd'hui.

Il tend la main vers sa coupe de champagne pour porter un toast. Prune, qui a laissé la sienne à sa place, lève un verre imaginaire et trinque dans le vide.

— Je me réjouis de danser le rock avec toi, dit-il.

— Je suis en pleine promo, je vais me coucher tôt.

— Juste une danse ? supplie-t-il avec une moue irrésistible.

— On verra.

Elle le quitte, consciente du pouvoir de séduction qu'il exerce encore sur elle. Pascal la regarde s'éloigner. S'il s'y prend adroitement, il ne finira pas la nuit seul.

Les mariés ne sont pas encore revenus à leurs places. Prune se rassied. Enora et Arzhur lui sourient. Amable, qui trompe son ennui en jouant avec sa mie de pain, habitude qui horripile sa femme, en fourre une boulette dans sa bouche.

— Vous m'avez manqué, dit Bon-Papa à Prune. Ces gens sont d'un rasoir !

Anne pince les lèvres et se raidit en entendant la remarque de son père. Amable s'en rend compte et veut la rassurer, mais la boulette de pain se trompe à l'embranchement et prend l'aiguillage de la trachée au lieu de l'œsophage. Amable happe l'air, veut crier ou tousser mais n'y arrive pas. Il s'agite sans émettre aucun son, tente de se lever, retombe. Enora s'en aperçoit :

— Le *peupé* a besoin d'aide !

Luigi recule sa chaise et se précipite vers Amable dont la tête ballotte maintenant sur sa poitrine.

— Chéri, qu'est-ce qui se passe ? glapit Anne, affolée.

Luigi entoure le torse d'Amable par-derrière avec ses bras, joint les mains, poings serrés, et tire de bas en haut et d'avant en arrière, au risque de lui briser les côtes. Ça ne fonctionne pas, l'homme tressaute, son corps reste mou et son visage livide.

— Arrêtez, vous lui faites mal ! proteste Anne.

Les mariés déboulent en plein drame. Fleur ouvre des yeux horrifiés tandis que Merlin comprend tout de suite.

— Mon père essaye de le sauver, il sait ce qu'il fait.

La porte de la salle s'ouvre, le dessert apparaît, monté sur un chariot piloté par un serveur souriant. Des applaudissements crépitent tandis que Luigi pratique pour la deuxième fois la manœuvre de Heimlich. De la table voisine, Coline voit que quelque chose cloche et donne un coup de coude à son nouveau demi-frère. Éric est fasciné par les séries médicales à la télé, et rêve en secret de devenir médecin lui aussi, alors la manœuvre de Luigi lui est familière. Il s'approche, désireux d'aider mais frustré par son impuissance.

— Je te remplace, papa, décide Merlin, voyant que son père fatigue.

Luigi se recule. Merlin entoure de ses bras le thorax du vieil homme affalé, et recommence. Prune croise le regard de Bon-Papa qui jubile devant le spectacle. Ce n'est pas de la méchanceté mais du triomphe : à son âge on est un survivant, chaque mort qu'on côtoie est un perdant, son gendre va casser sa pipe avant lui, quelle victoire !

Merlin met toutes ses forces dans son geste et ça marche. Sous la contre-pression exercée sur son abdomen, Amable expulse la boulette de mie de pain. L'air passe à nouveau, il tousse, éructe, reprend des couleurs en même temps qu'Anne, sous le choc. Éric contemple son beau-père avec admiration.

Le dessert se range docilement le long de leur table. Ce n'est pas une pièce montée verticale classique, mais la reproduction horizontale et plane, agrandie et en pâte d'amande, de la couverture du livre de Prune, avec le phare rouge et les goélands blancs dans le ciel bleu. Au lieu du titre sous le nom de l'auteur, il y a Fleur et Merlin sous la date du jour. La couverture comestible repose sur une mousse aérienne exquise.

— J'ai cru que j'allais y passer, hoquette Amable.

— Vous étiez à deux doigts, renchérit Bon-Papa d'un ton presque déçu.

— Merci, merci infiniment, souffle Anne aux deux médecins.

— Tout va bien maintenant, dit Merlin, dopé par l'adrénaline.

— Tu lui as sauvé la vie, balbutie Éric.

Fleur examine le couple piqué sur le gâteau-livre. Ce ne sont pas des mariés classiques, monsieur en frac et madame en robe blanche. Le marié a une longue barbe de neige, un chapeau pointu et une robe parsemée d'étoiles ; la mariée est coiffée de clochettes et sa robe ressemble aux pétales d'une pâquerette : Merlin l'enchanteur et une fée Fleur !

— Il est hors de danger, mais il vaut mieux qu'il ne prenne pas de dessert, conseille Luigi à Anne.

— Ou au contraire qu'il se serve copieusement, grommelle Bon-Papa.

Prune, la seule à entendre, se penche vers lui.

— Vous faites aussi semblant d'être méchant ou c'est sincère ?

— Je suis sincèrement méchant. Ma fille a épousé ce vieil imbécile, j'aurais préféré un jeune con.

— À deux on prend son élan et on se balance

pour atteindre du bout des pieds la cime des arbres, dit Prune. Seul, on se balance sagement en s'agrippant aux cordes.

— Vous aimez vous balancer seule, vous ? Ma femme me manque. Je vais lâcher la rampe sous peu et aller voir ailleurs s'il y a des balançoires.

Luigi, qui a suivi l'échange, demande à Prune :

— Les personnages de vos livres frôlent souvent la cime des arbres ?

Les mariés entament le gâteau-livre, puis les parts de dessert poussent sur les tables comme des crocus au printemps. Les invités goûtent la mousse, les coins des bouches se relèvent, dessinent des hamacs de sourire. Pascal, de l'autre côté de la salle, la savoure seul en silence.

— C'est un sacré phénomène votre mari, remarque Luigi. Difficile de lui résister, non ?

Prune le regarde, interloquée.

— Je parle de votre mari américain, Pascal.

— Oh ! Vous plaisantez, ce n'était qu'un amour de jeunesse.

— Ils nous marquent à vie, non ?

— Je n'avais pas pensé à lui depuis des siècles. Vous vous rappelez les vôtres ?

— La mienne, oui, parce que je l'ai épousée. Je me suis senti de trop tout à l'heure entre vous deux. Je connais les hommes, j'en suis un. Pascal va tout faire pour que vous tombiez dans les mailles de son filet…

— Il veut y faire tomber *toutes* les femmes et je ne suis plus intéressée.

Le DJ de la soirée est un jeune Groisillon. Les mariés l'ont briefé, une valse pour commencer, puis des rocks et des slows en première partie, et en seconde partie de la musique pour danser seuls, chacun dans sa bulle.

Bon-Papa se penche vers Prune, lui tend le livre qu'elle a dédicacé pour lui.

— Vous voulez bien me rendre un service ?

— Dites-moi ?

— Vous me le coupez en quatre ?

— Pardon ?

— Je ne suis pas fou, je suis âgé et mes mains tremblent. Je ne peux plus tenir un livre, c'est trop lourd, alors Yvette mon auxiliaire de vie les coupe en quatre pour moi. Je lis chaque paquet séparément. La plupart des invités de ce soir finiront à deux dans le même lit tout à l'heure. Moi je serai avec vous, je vous lirai.

Prune saisit son livre, se fait violence et casse la reliure de façon à obtenir quatre liasses.

— J'espère que vous n'y coupez pas les cheveux en quatre ? rigole Bon-Papa.

Pascal s'avance vers Fleur, c'est son moment, il ouvre le bal avec sa fille. *La Valse d'Amélie*, de Yann Tiersen, éteint les conversations. Merlin invite galamment Anne qui tournoie avec lui en faisant semblant de ne pas voir son ex. Les absents virevoltent dans la mémoire des présents.

— Je préfère *Le Beau Danube bleu*, regrette Bon-Papa.

Derrière les vitres, l'océan se met en colère et vire au noir. La valse prend fin. Merlin récupère Fleur pour le premier rock. Il multiplie les passes compliquées, elle le suit, légère et aérienne. Son couple avec Charlie était une valse à l'envers où ils se marchaient sur les pieds. Avec Merlin c'est un tango puissant.

Charlie

Il est monté sur le bateau puisqu'il l'a promis à son fils. L'estomac encore chaloupant, les vêtements fripés, il s'est assis sur une chaise en plastique du pont arrière et a tapé une cigarette à des jeunes, avant de repérer deux adolescentes qui chuchotaient en le regardant. Elles l'ont reconnu, elles cherchaient dans quoi elles l'ont vu jouer, ça lui arrive encore parfois. Il leur a souri. Enhardies, elles se sont approchées.

— Vous pouvez nous signer un autographe ?

— Dans quoi on vous a vu ?

— Dans votre télévision.

Elles se sont esclaffées.

— Pour Brunissen, a dit la plus jolie en lui tendant un carnet et un stylo-bille.

Il a signé en ajoutant une fleur après son nom, symbole de son plus grand rôle.

— Je sais, vous êtes le fleuriste de *Léoncie* ! s'est rappelé la jeune fille. Et vous êtes mort…

— J'ai l'air mort ? Je suis bien vivant, regardez ! C'est cet idiot de fleuriste qui s'est fait renverser par une voiture, pas moi.

Il a bondi, dévalé l'escalier réservé aux conducteurs, surgi sur le pont inférieur.

— J'ai une urgence, je dois débarquer.

— C'est trop tard monsieur, a dit le marin en appuyant sur le bouton pour relever le tablier d'embarquement des véhicules.

Dans les films américains, les cascadeurs courent vers le vide quand les ponts suspendus se relèvent, sautent et atterrissent sans encombre.

— Je ne suis pas mort ! a crié Charlie en prenant son élan pour sauter à terre.

N'est pas cascadeur qui veut. Il s'est mal reçu, s'est tordu la cheville mais n'a pas tout de suite senti la douleur. Les marins l'ont engueulé tandis que le tablier se refermait. Le bateau a quitté le quai. Charlie a claudiqué vers la première panne. Il a choisi un voilier ancien, tout en bois, s'est allongé sur le pont, le cœur battant, le pied déjà enflé. Et il a attendu. Il sait que le banquet de mariage aura lieu sur le port. Il a promis à son fils de monter sur le bateau, il n'a pas promis d'y rester.

La nuit est tombée quand il se réveille. Le banquet se déroule dans la salle de la SNSM, il aperçoit des silhouettes sur la terrasse. Il boite vers le Café de la Jetée où une tablée fête un anniversaire. L'alcool est antalgique, il commande une bière puis deux puis trois pour se soigner, la pharmacie est fermée et il n'a ni glaçons ni arnica ni paracétamol, que son dégoût de lui-même. Il se sent misérable. Il a perdu sa famille et son boulot, négligé ses amis, et ses nouveaux copains se sont évaporés dès que le vent a tourné.

— Va y avoir du *lavagnon*, dit quelqu'un.

— Aucun bateau ne passera demain, décrète un plaisancier. On est coincés sur l'île.

Les invités de la noce seront prisonniers du caillou ? Charlie se réjouit de la mauvaise surprise qu'ils auront au réveil. Il rumine ses griefs contre Fleur, oublie que c'est lui qui est parti. Il se persuade qu'elle l'a plaqué pour l'Autre qui danse collé-serré avec elle à une encablure, qui lui vole sa femme et son fils. Il ne peut pas laisser passer cette atteinte à son honneur.

Il clopine vers la salle pour en découdre.

Julien

Il a dansé un rock avec sa mère, puis un slow avec sa sœur. Avant de continuer, seul, dompté par la musique. Il sent les basses vibrer dans son corps, s'abandonne au rythme. Il vivait depuis quatre ans avec sa compagne et travaillait dans le restaurant qu'elle possédait quand ils ont rompu l'été dernier. Alors il est parti au bout du monde, en Nouvelle-Zélande, pour y ouvrir un bistrot français. Il s'est baladé à travers ce pays fascinant, a rencontré des gens de tous âges et de tous horizons. Il est devenu manager adjoint d'un lodge luxueux. Et puis un soir, un garçon aux yeux du vert émeraude des lacs d'altitude est venu. Et tout a basculé.

Depuis, il se sent un homme différent, heureux, accompli, libre. Avec Noah, tout est facile, simple, naturel. Noah est chef cuisinier, ils ont le même âge, il a travaillé en Australie puis en Amérique sur les yachts de milliardaires gastronomes. Il a bourlingué, préparé des repas exquis et des fêtes savoureuses, rencontré des garçons qu'il quittait forcément le lendemain quand le bateau appareillait pour une nouvelle destination. Ses parents vivaient en Nouvelle-Zélande, et son père, jeune retraité, a commencé à construire de ses mains un bateau à moteur pour pêcher entre les îlots des Marlborough Sounds, dentelle de baies et d'îles réputées pour les moules et les coquilles Saint-Jacques.

Un jour, la mère de Noah l'a appelé. Son père était tombé dans son atelier, on l'avait transporté à l'hôpital, les radios avaient révélé un cancer généralisé, il lui restait trois mois à vivre. Noah a bouclé son sac, abandonné sa vie de nomade, sauté dans un avion. Quand son père, ignorant la gravité de son état, lui a demandé ce qui motivait son retour, il a répondu : « J'ai envie de construire ce bateau avec toi. » Ils ont vécu six mois de complicité, d'engueulades aussi – pas facile de travailler ensemble toute la journée –, de réconciliations au sauvignon ou au chardonnay. Son père est mort alors que le bateau était presque terminé. « Ne salope pas le boulot, les finitions sont essentielles, prends ton temps, fils » ont été ses dernières paroles.

Noah a exaucé son souhait : il a fignolé le travail. Puis il s'est rendu compte qu'il n'avait plus envie de partir. C'est à ce moment-là qu'il a rencontré Julien. Ils ont mis le bateau à l'eau avec la mère et la sœur de Noah, et Julien a lancé l'idée :

— Tu cuisinais sur les bateaux des autres. Pourquoi ne pas allier l'utile et l'agréable puisque maintenant tu as ton propre bateau ? Tu peux embarquer des touristes pour la journée et leur préparer un repas gastronomique ?

— Impossible.

— Tu n'es pas assez bon marin ?

— Je connais les vallées et les criques comme ma poche, mais il me faut un piano de cuisson, *frenchman*. Avec des plaques à induction sur le dessus et deux fours en dessous, pour préparer tout le repas en une fois.

— On peut l'installer sur le pont arrière ?

Ils ont fixé le piano de façon à ce que Noah puisse se mouvoir autour et que les clients aient la place de pêcher, de lézarder au soleil ou de se baigner s'ils le souhaitent. Ils ont fêté sur le bateau l'anniversaire de la mère de Noah avec des moules vertes de Nouvelle-Zélande, une omelette aux *whitebaits* (des alevins d'anguilles, spécialité locale), et une purée de *kumata*, une patate douce violette délicieuse. Le tout épicé, revenu, mijoté, cuit avec amour. Et une pavlova pour finir.

Julien a quitté son travail, emménagé avec Noah, investi ses économies et l'argent prêté par Bon-Papa dans l'achat de matériel. Puis Bon-Papa a oublié qu'il avait lui-même initié ce virement, ça a fait un pataquès. Julien a tout rendu. S'est débrouillé sans. Il a parlé de Noah à sa sœur en lui faisant promettre de ne rien dire à leurs parents.

— Je me tairai si tu viens à mon mariage.

— C'est du chantage ou je me trompe ?

— Écoute, tu es mon frère, j'ai envie que tu sois à mes côtés. Et Bon-Papa est de jour en jour plus fragile, ce sera peut-être la dernière fois que tu le verras.

— Il m'a fait un sale coup.

— Il a ses humeurs, tu le connais. Tu es heureux ?

— Plus que je ne l'ai jamais été. On ne choisit pas qui on aime, ça vous tombe dessus. Regarde Papa avec sa bimbo et maman avec son ancêtre. Vous n'avez pas envie de venir en voyage de noces ici, Merlin et toi ? La cuisine de Noah est inoubliable et lui tu vas l'adorer.

— On viendra un jour, promis.

Julien continue à danser, ballotté par les basses. Il imagine l'homme qu'il aime près de lui. Avant leur rencontre, il se sentait nul, surtout en famille. Depuis, il respire plus large, il vit plus fort, il n'a plus peur. La Nouvelle-Zélande est si différente de ce qu'il connaissait. Il n'y a jamais de dispute dans la famille de Noah, les seuls cris sont ceux qui – lors des matchs des All Blacks ou de certaines cérémonies – accompagnent le *haka*, la danse traditionnelle maori qui donne la chair de poule. Il y a peu de chômage en Nouvelle-Zélande, peu de délinquance, peu d'accidents de la route. Les Kiwis, ainsi qu'on appelle les habitants, ont du travail, une maison, de la terre, des animaux, chiens, chevaux, moutons. Ils sont décontractés, cools, amicaux, amateurs de plein air et de grands espaces, de rugby et de bateau, ils prennent la vie à la légère et la famille au sérieux. Julien, qui a grandi entre des parents qui se déchiraient et détestaient le sport, est enfin dans son élément.

— Tu es bien mystérieux, regrette sa mère quand il la rejoint à la table d'honneur. C'est difficile de suivre toutes tes aventures si loin. Tu as quitté le lodge, c'est bien ça ?

— Oui récemment. Je viens d'ouvrir un restaurant sur un bateau.

— Un bateau de croisière ?

— Non, un concept exclusif et privé, plus cher et haut de gamme.

Éric, qui semble suivre distraitement la conversation entre sa grand-mère et son oncle, pianote sur son portable. Mais soudain il tend l'appareil à Anne :

— Regarde !

Julien se penche, éprouve comme chaque fois le choc du regard émeraude de Noah qui cuisine sur le pont en souriant au photographe, lui en l'occurrence.

— C'est ton associé ? demande Anne.

Julien n'a pas le temps d'acquiescer. Sa mère lit déjà tout haut le texte sous la photo, avec un accent exécrable :

— *A chef on a boat : if you are a wildlife and fishing lover, if you have a hearty appetite and want to treat yourself to a meal worthy of a starred restaurant on the water, hop aboard with Julien Barrege and his partner, chef Noah, for a seascape and gourmet experience.*

Elle sourit, fière.

— C'est fantastique !

Puis elle traduit à l'intention du reste de la tablée :

— Un chef sur un bateau : si vous aimez la nature, la pêche, si vous avez bon appétit et souhaitez savourer sur l'eau un repas digne d'un restaurant étoilé, embarquez avec Julien Barrège et son associé le chef Noah pour une expérience marine et gastronomique.

Julien inspire à fond, puis précise :

— En anglais, le mot «*partner*» marche à la fois pour la vie professionnelle et la vie privée. Dans ce contexte, je le traduirais plutôt par compagnon.

— Tu veux dire, collaborateur ? suggère Anne.

— Noah est mon associé ET mon compagnon, dit doucement Julien.

Voilà, c'est dit, c'est fait, il s'en faisait une montagne. Il y aura désormais un avant et un après. Il n'habite plus en Europe, il vit à des milliers de kilomètres, en couple avec un homme rare et unique.

À trois mètres d'eux, Fleur et son nouveau mari dansent devant le port tranquille, sur leur nuage.

— Nous sommes heureux, maman.

— Je ne sais pas quoi dire, murmure-t-elle, atterrée.

— Que tu te réjouis pour moi ?

— Moi perso, je suis content pour toi, ça a l'air bien stylé ta nouvelle vie, dit Éric.

— On ne t'a rien demandé Éric ! s'exaspère Anne.

Ce dernier, sentant la situation s'envenimer, s'écarte.

— Bon sang, Julien, tu t'attendais à quoi ? lâche-t-elle, furieuse. Heureusement c'est au bout du monde, ça ne se saura pas. Tu vas revenir en France, rencontrer une gentille jeune femme convenable et fonder une jolie famille.

— La mère et la sœur de Noah sont charmantes,

elles m'ont accueilli à bras ouverts comme un second fils.

— Ta famille, c'est nous ! tonne Anne, livide.

— Pourquoi t'énerves-tu ? dit Amable. Que quelqu'un m'explique !

Bon-Papa se tourne vers son gendre et balance :

— Ce jeune homme a un compagnon maori.

— Noah est kiwi, pas maori, corrige Julien partagé entre l'envie de rire et celle de les planter là.

— C'est impossible, s'écrie Anne. Tu n'as pas l'air, enfin… Ça ne se voit pas… tu sembles tellement normal.

— Je le suis, maman. J'ai deux bras, deux jambes, deux…

Il s'interrompt, un sourire canaille sur les lèvres.

— Alors comme ça vous êtes de la jaquette ? Qu'en pense votre famille ? demande Bon-Papa.

Sa question met le feu aux poudres.

— C'est nous sa famille ! gronde Anne. Papa, essaye de suivre. Tu es mon père, je suis ta fille, Julien est ton petit-fils. Je l'ai élevé du mieux que je pouvais, le problème vient forcément de Pascal. Avec toutes les greluches qu'il met dans son lit, c'est à vous dégoûter des femmes, voilà le résultat. Dieu du ciel !

Son fantasme de famille modèle vole en éclats. Amable tourne la tête comme le thon girouette du clocher, cherchant un allié pour participer à la conversation.

— Je ne vous prêterai rien, jeune homme, pas le moindre picaillon, s'entête Bon-Papa.

— Ne t'inquiète pas pour ça, on s'est débrouillés

sans toi, répond Julien, qui sourit à ce grand-père dont il était si proche enfant, et qui pédale à présent dans la semoule.

— On va trouver une solution, mon fils, se lamente Anne.

— Pas un kopeck, pas une lire !

— Ça va, Bon-Papa, j'ai compris, change de disque. Tu as soif ? Je vais te chercher à boire ? Tu veux encore du dessert ?

— Je ne te prêterai rien. Au contraire ! beugle Bon-Papa. Je te le donnerai, parce qu'enfin, enfin, tu as des couilles !

Julien écarquille les yeux.

— Papa, voyons, il y a des enfants ! s'insurge Anne.

— Quoi ? Eux aussi ont des couilles, si ce sont des garçons, non ? rétorque Bon-Papa. J'aime le courage et la dignité. Les homosexuels ne m'ont jamais gêné. Certains de mes camarades de guerre étaient comme ça. Ils se sont mariés, parce que c'était inconcevable autrement, ils ont été malheureux comme les pierres et leurs épouses aussi. Un type épatant, parachutiste, m'a sauvé la vie. Il a sauté sur une mine un mois plus tard. Après la Libération, je suis allé voir sa mère et j'ai rencontré son compagnon, instructeur dans l'armée de l'air. Nous sommes restés en contact jusqu'à sa mort, on se voyait aux réunions d'anciens combattants. Un sacré gaillard.

— Ce n'est pas une raison pour faire l'apologie de… Je n'arrive même pas à prononcer le mot, gémit

Anne. Les autres, je m'en fiche, mais pas mon fils ! Que diront les gens, papa ?

— Tu vois bien qu'il sucre les fraises, murmure Amable.

Sous ses sourcils en broussaille, les yeux de Bon-Papa brillent de fureur. Il se contient, décoche un sourire suave à son gendre.

— Vous le sourdingue, foutez-nous la paix et restez en dehors de ça.

— Ce mariage est un cauchemar, soupire Anne.

La musique s'arrête, les danseurs font une pause. Fleur s'approche d'eux, essoufflée et guillerette :

— Tout va bien ici ? Vous vous amusez ?

— Je viens d'apprendre une chose très grave à propos de ton frère, dit Anne d'une voix sépulcrale.

Fleur se tourne vers Julien, inquiète. Il la rassure d'un sourire.

— Maman a honte d'avoir un fils homo.

— Ah, fait-elle, rassurée. Tu m'as fait peur !

— Tu étais au courant ? lance Anne, glaciale.

— Tu as deux enfants heureux et amoureux, maman, ce n'est pas si fréquent. Je te signale que ton couple avec Amable alimente aussi les commérages.

— Tu m'aimes moins qu'il y a une heure ? demande Julien. Pourtant je suis toujours le même.

— J'en ai assez, lâche Anne qui se lève et quitte la salle.

Amable la suit des yeux, largué.

— Ça craint, soupire Fleur.

— Ça craint velu, renchérit Julien.

Quand ils étaient enfants, tout ce qui était

compliqué, difficile, douloureux, « craignait velu » : les engueulades de leurs parents, les maîtresses de leur père, les crises de jalousie de leur mère, et la mort de leur vieux chien barbu, aussi poilu qu'un homme des cavernes.

Prune

Elle décide de rentrer se coucher à L'Oiseau Limicole. Demain, elle sera en sécurité avec MP, un verre de vin, la Seine et une bonne série sur Netflix. Elle ferme les yeux un instant, sent presque le goût du *Brunello di Montalcino* dans sa bouche, accompagné de fines tranches de *Pata Negra.*

— Ohé, la terre appelle Prune sur la lune !

Pascal est debout en face d'elle.

— J'ai demandé au DJ notre chanson. Tu danses ?

Elle accepte. La musique du groupe Herman's Hermits les ramène en arrière. *No milk today, my love has gone away.* Elle n'a pas dansé avec lui depuis belle lurette, mais la façon qu'il a de la guider lui est familière.

— Pourquoi tu m'as quitté ? attaque Pascal, bille en tête sitôt le morceau terminé.

— Tu plaisantes ?

— J'étais fou de toi !

— Tu réécris l'histoire, c'est insensé.

— Il y a prescription, les interrompt Bon-Papa.

Écartez-vous, jeune homme. Cette dame est ma cavalière.

Ils se tournent vers le vieil homme en chaise roulante.

— Vous voulez bien m'accorder cette valse ?

Il lève le bras droit comme s'il tenait sa main, arrondit le bras gauche vers son épaule.

— Nous dansons sur quoi ? demande Prune.

— *Le Beau Danube Bleu* évidemment.

Elle prend la même position, se cambre légèrement. Une chenille se forme dans la salle, les danseurs piétinent, mains sur les épaules de la personne devant eux, et avancent en scandant *La Danse des canards*. Prune et Bon-Papa, eux, entendent les vagues de Johann Strauss. Elle pivote en suivant la musique dans sa tête, tandis qu'il se balance dans son fauteuil en souriant.

Pascal bavarde avec une amie d'enfance de Fleur, la dernière fois qu'il l'a vue elle avait des bagues aux dents et des boutons d'acné, aujourd'hui c'est une rousse incendiaire.

Luigi refuse d'entrer dans la chenille.

— Ce n'est pas mon truc, désolé.

— Allez, lâchez-vous ! insiste la blonde en robe verte.

— Je suis lâche, comme souvent les hommes, ironise-t-il.

La chenille se désagrège, les canards réintègrent leur mare. Les dernières notes de Strauss s'évanouissent. Prune s'immobilise, la tête lui tourne un peu d'avoir valsé seule. Bon-Papa baisse les bras, pose sur ses genoux ses mains tavelées de fleurs de cimetière, remercie sa cavalière d'une courtoise inclinaison du buste.

— Mon père était un merveilleux danseur. Il m'a inculqué deux notions essentielles. La première : l'exactitude est la politesse des rois, on ne fait pas attendre les autres. La seconde : le bonheur est la politesse des vivants.

— Des vivants ? répète Prune, interloquée.

Il hoche la tête.

— Mon épouse Antoinette adorait danser, mais elle m'a précédé là où nous irons tous, et je ne suis pas certain qu'ils guinchent beaucoup au paradis. En tant que vivant, même vieux et décati, je peux choisir mes musiques, mes menus, mes blagues, et même ma sortie de scène. Il m'incombe de profiter de la vie pour deux, de la savourer doublement. Quand un proche meurt, on est missionné pour être heureux à sa place, c'est une dette sacrée. Nous venons de valser à trois : vous, Antoinette et moi.

Il est des chagrins dont on ne guérit pas, on se croit en rémission, et puis paf, il suffit d'un mot ou d'une rencontre pour que la douleur flambe.

— À quatre, dit Prune. Moi aussi j'ai perdu quelqu'un, nous venons de danser un quadrille.

— Mon père faisait un subtil distinguo entre bonnes manières – savoir se tenir à table, pratiquer le baise-main – et belles manières – sourire en toutes circonstances, claquer la porte à la tristesse.

— Vous étiez proches ?

— Je l'admirais. Il s'est comporté en héros à la

Première Guerre mondiale. J'ai survécu à la Seconde. Vous voyez souvent vos parents ?

— J'ai peu de temps libre, dit Prune, sur la défensive.

— Un jour vous les enterrerez, il sera trop tard pour vous rabibocher. Les parents ont une date de péremption, comme les boîtes de conserve. Les invités qui célèbrent ce soir le bonheur de ma petite-fille goupillonneront mon cercueil la prochaine fois qu'ils seront rassemblés, c'est la loi de la nature.

— Ce ne sont pas mes parents que je fuis. Disons que la situation est complexe.

— Mais la solution est simple. Merci d'avoir valsé avec moi. Le marchand de sable est passé, je vais rentrer maintenant.

Julien

Il roule son grand-père jusqu'à l'hôtel Ty-Mad, plus loin sur le port, là où Anne et Amable dormiront aussi. Puis il s'assied sur un banc devant le bassin à flot et appelle Noah sur WhatsApp. Il est presque minuit à Groix, dix heures du matin le lendemain dans les Sounds.

— Tu te sens mieux ?

— Ma mère est horrifiée, et pourtant je suis soulagé. Mon grand-père a été sauvé pendant la guerre par un parachutiste « comme ça », selon son expression, et il trouve qu'on a des couilles.

— Tu me manques.

— Toi aussi.

Il lui décrit le port, pas si différent de Picton où ils vivent et d'où partent les ferries vers l'île du Nord à travers le détroit de Cook. C'est étrange de se parler ainsi dans la nuit alors que Noah commence sa journée.

Le 31 décembre dernier, à minuit plein, heure de Picton, au milieu du réveillon, Julien a appelé sa famille pour leur souhaiter une bonne année. Il était heureux de sacrifier à ce rite, mais son père était en train de déjeuner, sa mère chez le coiffeur, Bon-Papa faisait la sieste : manifestement, il les dérangeait. Fleur avait été la seule à apprécier.

— Le vent s'est levé, les haubans claquent. Tu aimerais cette île.

— Je suis heureux dès qu'il y a un océan. Et toi.

Luigi

Prune navigue entre les tables, trace vers la porte, elle est presque sauvée quand Luigi surgit, suppliant :

— Sauvez-moi !

— Vous sauver de quoi ?

— Du quart d'heure américain ! Je ne sais pas ce que mon fils a raconté à la femme en robe verte, là-bas. Elle cherche à refaire sa vie, je veux juste continuer la mienne. Dansez ce slow avec moi, ce sera votre bonne action du jour.

— Je partais.

— Cinq minutes !

Elle accepte, l'enlève sous le nez de la femme en robe verte. Ils tournent sur *I'll Stand By You* des Pretenders.

— Je vous suis très reconnaissant, dit Luigi. Pascal n'aura pas réussi à vous faire succomber ?

— Il est marié.

— Qui avait quitté l'autre ?

— Il courait les filles en jurant qu'il m'aimait. Un matin où il avait encore découché j'en ai eu assez. L'année universitaire était terminée. Je lui ai laissé une lettre et je suis partie en Bretagne sans le prévenir. J'ai loué une petite maison de pêcheur à l'Île-Tudy, dans le Finistère, j'y ai passé l'été. On n'avait ni portables ni Internet à l'époque. Il m'a rapidement remplacée. Je ne l'avais plus revu avant la messe tout à l'heure.

— Pourtant vous évoluez dans la même sphère ?

— Je suis écrivain, il est éditeur, nos mondes se complètent mais diffèrent.

— Vous ne vous êtes pas demandé ce qu'il était devenu ?

— Non. J'ai longtemps vécu seule, puis j'ai rencontré mon ex-compagnon.

— L'homme des praires ?

Prune acquiesce.

— Je vous raccompagne ? propose Luigi.

Elle secoue la tête.

Prune

Elle a besoin de solitude, de silence après le brouhaha de la fête. Luigi a du charme, il est touchant, elle devine des rires et de la force en embuscade derrière sa gentillesse, mais elle préfère les âmes tourmentées, et de toute façon elle a tiré un trait sur tout ça. Il n'insiste pas. Elle sort, marche le long du quai dans l'obscurité trouée par les halos des lampadaires, bute sur une forme avachie par terre. La forme grogne :

— Hé, vous me prenez pour un paillasson ?

— Je ne vous ai pas vu dans le noir.

— Je cuve en attendant ma femme.

— Vous êtes un invité du mariage ?

Au moment où elle pose la question, elle le reconnaît.

— Vous êtes l'ex-mari de Fleur ? Vous devriez les laisser tranquilles.

— Ce ne sont pas vos oignons, maugrée Charlie. Vous êtes de la famille de l'Autre ?

— Je suis écrivain et ils me lisent.

— Oh ! Et vos livres sont adaptés à la télé ?

s'empresse Charlie. Vous auriez peut-être un rôle pour moi ? Je traverse une mauvaise passe.

— Non, désolée.

— Pfff…

Deux silhouettes quittent la salle du banquet. Arzhur et Enora aperçoivent Prune discutant avec un homme et s'approchent.

— On ne s'est presque pas parlé, regrette Enora.

— Tu ne veux vraiment pas passer nous voir demain ? insiste Arzhur.

Prune les considère avec affection, ils sont irrémédiablement liés à La Maison amande.

— Ne m'en veuillez pas, c'est encore trop tôt, dit-elle doucement.

Enora ouvre la bouche pour argumenter que dix-huit ans ça fait un bail, puis renonce.

— Tu sais où nous trouver. Bonne fin de soirée.

Elle dira à leur bande d'amis, demain, que Prune est venue dans l'île accompagnée.

Les Groisillons s'éloignent. Prune et Charlie se retrouvent en tête à tête dans la nuit.

— « Mais au bout du compte, on se rend compte / qu'on est toujours tout seul au monde », fredonne Charlie. Maurane avait une voix exceptionnelle.

Les romans de Prune finissent forcément sur une note d'espoir, alors elle cherche comment elle s'en tirerait si Charlie était un de ses personnages.

— J'ai entendu Éric dire que vous repartiez.

— Je le lui avais promis mais son nouveau beau-père veut me le voler. Il est divorcé ?

— Veuf.

— Ah, évidemment, difficile de résister. Dans les séries télé, le veuf est toujours le beau gosse à gueule d'amour. Je hais ce type, je vais lui casser la figure, mais j'ai flingué ma cheville alors j'attends qu'il arrive.

— Donc Éric verra que vous lui avez menti.

Charlie se tait. Prune enfonce le clou.

— Vous lui avez sûrement manqué.

— Je suis prêt à reprendre ma place de père.

— Un père qui tient à peine sur ses jambes et qui fait du scandale ?

— C'est une question d'honneur, rugit Charlie.

— Si vous voulez vous battre avec Merlin, faites-le avec dignité, en plein jour. Allez le trouver dans une semaine et castagnez-vous. Mais pas comme ça, ici, en minable. La nuit c'est pour les lâches et les cambrioleurs. Vous ne ressemblez à rien, ce soir. Votre fils aura honte de vous.

— Qu'est-ce que vous en savez, vous, de la honte ? gronde-t-il.

— J'ai tué ma fille, dit-elle. La honte me colle à la peau depuis dix-huit ans. Alors je m'y connais.

Prune se lève brusquement et s'enfonce dans l'obscurité. Charlie tente de la rattraper mais sa jambe se dérobe. Alors il clopine sous les étoiles jusqu'au voilier où il a élu domicile pour cette nuit.

Éric & Coline

Les couples officiels sont partis. Il reste ceux qui viennent de se rencontrer et qui ignorent comment ils finiront la nuit quand la musique s'arrêtera. Pascal et l'amie de Fleur sont de ceux-là. Mathilde et Dom, conviés par Éric et Coline lors du vin d'honneur, les ont rejoints au dessert.

Éric a proposé à Mathilde d'écouter de la musique sur la terrasse devant les bateaux. Ils s'asseyent, rapprochent leurs têtes pour partager la paire d'écouteurs reliée au portable du garçon. Coline et Dom marchent vers le bout du quai et la balise verte. Un chien en vadrouille s'approche d'eux, Dom le caresse.

— Tu le connais ?

— C'est juste un chien de l'île.

— Il est perdu ?

— Il se balade, c'est comme ça ici. Un jour, le chien de l'ancienne patronne du café rose a pris le bateau seul, il a débarqué à Lorient, il s'est promené puis a repris le bateau suivant pour revenir. Les marins de l'équipage à terre lui avaient appris à récupérer la touline, le nœud sur le bout accroché à la haussière qui sert de lance-amarres. Il la récupérait au cul du bateau et il trottait avec le long du quai jusqu'à l'avant du bateau. C'était un malin.

— C'est grâce à mon chat Newton qu'on est là aujourd'hui.

Sur la terrasse, là-bas, les têtes d'Éric et de Mathilde ne font plus qu'un.

— Ils ont prévu de la tempête demain, annonce Dom, des vagues de six mètres et des rafales de vent à cent cinquante kilomètres-heure. Les marins doubleront leurs amarres. Il n'y aura pas de bateau. Vous restez jusqu'à lundi.

Fleur & Merlin

Dans le temps, pendant la nuit de noces, le jeune époux déflorait sa fiancée que sa mère avait instruite du devoir conjugal. Aujourd'hui, les couples se connaissent bibliquement avant le soir du mariage. Mais il y a toujours, en cette nuit spéciale, les étreintes et la valse des corps aimants.

Merlin et Fleur quittent le port dans leur voiture de location et rentrent au Sémaphore de la Croix. Au lieu de rouler dans les draps, ils enfilent des vêtements confortables et chauds, puis ils enfourchent des vélos électriques et pédalent dans la nuit groisillonne pour redescendre à La Glacière, la plage près du port, du côté de la balise rouge, à côté de l'ancienne glacière pour les pêcheurs. Ils veulent voir le soleil se lever sur la mer sans autre musique que celle des vagues qui s'époumonent.

— Ça va remuer dans le bateau demain, murmure Fleur.

— On calera les roulettes du fauteuil de ton grand-père.

— Et nos estomacs !

— Tu as vu Éric tout à l'heure ? Il avait des aurores boréales dans les yeux en parlant à Mathilde.

— Tu veux dire des étoiles ?

— Les aurores boréales me font plus rêver. J'en ai vu une en Islande pendant un congrès d'ophtalmo, je t'y emmènerai.

Ils restent silencieux un long moment.

— À ton avis, il nous reste combien de temps, quarante ans ? dit Fleur.

— Cinquante.

— C'est trop peu.

— Tout dépend de ce qu'on en fera.

— Prune avait l'air de bien s'entendre avec papa, elle ne connaît pas le phénomène, il est incorrigible.

— J'espérais que mon père à moi apprécierait ma consœur Delphine, mais ça n'a pas matché.

— Dommage, je l'ai trouvée très séduisante dans sa robe verte. Heureusement Charlie est reparti.

— Je ne peux pas lui en vouloir de t'aimer, dit doucement Merlin.

Le vent se lève. La mer forcit. Fleur frissonne, il lui frotte le dos.

— Tu as froid ? Tu veux rentrer ?

— Dès que le soleil se lèvera et qu'on aura fait notre vœu.

Ils attendent l'aube, enlacés, semblables à deux presse-livres de bibliothèque. Enfin, la clarté diffuse qui précède le jour naissant apparaît dans le ciel. Ils sourient, heureux de s'écrouler bientôt sous la couette chaude, guettant le moment précis où le bord supérieur du soleil jouera à saute-mouton avec la ligne d'horizon. À cet instant, ils font le vœu de s'aimer les cinquante prochaines années. Puis le ciel s'emmitoufle de jaune et de rose par-dessus les vagues noires menaçantes. Les haubans jouent de la batterie sur les mâts. Les nouveaux mariés se relèvent, engourdis, transis.

— On peut aller dormir, enfin !

Ils pédalent vers leur lit, se déshabillent comme des zombies et s'effondrent ensemble sous la couette pansue.

Site Internet de la Compagnie Océane de navigation

« Le Morbihan est placé en vigilance rouge avec risque de vagues submersives.
En raison des mauvaises conditions météorologiques liées à la tempête ce dimanche, la Compagnie Océane annule les liaisons maritimes entre Lorient et Groix.
Aucune rotation ne sera assurée aujourd'hui. »

Fleur

Mariage pluvieux, mariage heureux. Que dire d'un mariage tempétueux ? On a eu de la chance hier, quand le soleil jouait sur les micaschistes et transformait les rochers en chemin argenté. L'océan s'est fâché pendant la nuit, le ciel enferme désormais l'île comme un couvercle, les bateaux se défendent contre les flots qui les giflent.

— Vos pères vous offrent, ainsi qu'à tous vos invités, un petit déjeuner au champagne, nous apprend notre hôtesse. Ils vous ont réservé la surprise.

Merlin tend la main vers sa flûte et me regarde à travers les bulles. Notre hôtesse désigne l'océan par la fenêtre.

— Le bateau n'a pas quitté Lorient ce matin, et de toute façon avec le ressac il n'aurait pas pu s'amarrer au quai. Les rotations sont annulées. L'équipage du canot de sauvetage aura de quoi faire, avec les plaisanciers inconscients et la houle au large. Vous êtes au moins là jusqu'à demain.

— Vous êtes sérieuse ?

— Je ne plaisante jamais avec la mer. Le point

positif, c'est que si vous êtes bloqués sur une île, les hébergements restent disponibles ; vous ne partez pas mais les prochains n'arrivent pas. On verra si le bateau passe lundi.

— Parce que ce n'est même pas sûr ?

— Tout est possible, l'océan et les vents décident. Bon. Le pain est frais, le beurre est salé forcément. La confiture de mûre est maison.

— Nous voilà prisonniers de cette île merveilleuse, dis-je. Il y a pire.

— Pour certains invités ça va être un problème, précise mon mari.

J'acquiesce. Nous sommes responsables de la fête. Cinquante personnes sont coincées sur ce caillou au milieu de l'océan en colère.

— On va devoir les occuper.

— Séparer Éva et Nico.

— Empêcher papa et maman de se croiser et de s'étriper, dis-je.

— Éviter qu'Amable assomme ton grand-père avec sa canne ou que ton grand-père l'aplatisse avec son fauteuil.

— Il va falloir qu'on les avertisse.

Heureusement Éric et Coline ont créé le groupe Mariage à Groix sur WhatsApp. Nous envoyons un message : « Nous étions tristes de vous quitter, l'océan nous a entendus, les bateaux d'aujourd'hui sont annulés. Pour ceux qui le souhaitent, rendez-vous en début d'après-midi devant Bleu Thé pour une promenade jusqu'au phare de Pen Men au nord-ouest de l'île, le plus puissant du Morbihan, inscrit aux monuments historiques. » Nous ajoutons, avec le secours de notre hôtesse, la liste des restaurants pour le déjeuner. On s'occupera des nonagénaires.

Je téléphone à mon fils.

— Tu as passé une bonne soirée ? Vous vous êtes couchés tard ?

— C'était ouf, une dinguerie ! dit-il avec enthousiasme. On pourra revenir aux prochaines vacances ?

— Pourquoi pas. Coline est avec toi ?

— Elle dort.

— Nous n'allons pas pouvoir repartir aujourd'hui à cause de la tempête.

— On va revoir Dom et Mathilde !

— J'en connais un qui est content de rester, dis-je à Merlin. En revanche pour Prune, ce sera un autre son de cloche. Tu as remarqué combien elle était tendue hier avec Arzhur et Enora ?

— Elle les connaissait d'autrefois, quand elle était en couple. Sa vie a changé depuis.

Julien

Il se réveille tard, il a mal aux cheveux, mais ça lui a fait du bien de danser et de boire hier. Dans les Marlborough Sounds c'est déjà le soir. Les clients de Noah aujourd'hui étaient des pêcheurs américains qui ont réservé à nouveau pour la semaine prochaine. La petite entreprise *A chef on a boat* démarre sur des chapeaux de roues.

Julien reprend l'avion à Paris dans trois jours. Il a hâte de rentrer.

— Je vais parler à mon père pendant la promenade, annonce-t-il à Noah.

Puis il ajoute doucement :

— J'aurais vraiment voulu connaître le tien.

— Tu lui aurais beaucoup plu, affirme Noah comme une évidence.

Anne

Elle se réveille la première, regarde son mari dormir.

Ils se sont rencontrés dans l'Eurostar où ils étaient assis côte à côte. Anne était divorcée, Amable avait traversé les années en célibataire endurci. Il l'a amusée en lui racontant des anecdotes cocasses quand on leur a servi le déjeuner. Prévenant et gentleman, il l'a aidée avec sa valise. Il vivait à Paris mais possédait un pied-à-terre à Londres, avait fait la navette de part et d'autre de la Manche pendant des années pour la boîte dont il était le PDG. Elle ne s'est pas méfiée de ce vieux monsieur courtois. S'il avait été plus jeune, elle aurait gardé ses distances. Une chose en entraînant une autre, il l'a invitée à dîner le soir même à Londres, à son club, comme dans les romans de Wodehouse. Anne venait voir Julien en stage, son fils était de service ce soir-là, elle était libre, elle a accepté. Amable lui a fait les honneurs de la ville, elle s'est sentie en confiance avec lui. Six mois après, ils ont pris ensemble le train conjugal. Il l'a emmenée en voyage de noces sur le Belmond Royal Scotsman, le train mythique qui effectue le tour de la Grande-Bretagne une fois par an au départ d'Édimbourg.

Son nouveau mari ne se retourne pas sur toutes les jeunes femmes qu'il croise, il lui prépare un cocktail chaque soir au coin du feu après s'être changé pour dîner, elle vit dans un *Downton Abbey* moderne et elle y est en paix. Enfin, elle l'était jusqu'à la bombe que Julien a lâchée hier. Elle ne sait pas comment réagir à cette annonce qui la chamboule. Et, elle doit bien se l'avouer, elle est un peu mal à l'aise à cause de ce qu'elle a infligé à son ex. Lorsqu'elle a aperçu Pascal, relégué à l'autre bout de la salle, elle s'est dit qu'elle avait poussé le bouchon trop loin en privant Fleur de son père. Puis elle l'a vu flirter avec l'amie de sa fille, s'est dit que décidément il est incorrigible. Mais elle n'en souffre plus, elle a tourné la page, elle est désormais la femme d'Amable. Si Fleur existe, et Éric par voie de conséquence, c'est aussi grâce à Pascal.

Elle quitte discrètement la chambre pour rejoindre la salle du petit déjeuner. À travers les fenêtres, la mer semble agitée.

— Mon mari aura mal au cœur sur le bateau tout à l'heure, soupire-t-elle.

— Ça m'étonnerait, dit la serveuse.

— Il n'a pas le pied marin, il souffre dès que cela remue un peu.

— Les bateaux sont annulés, explique la jeune fille.

Anne se félicite d'avoir emporté les médicaments

d'Amable et de Bon-Papa pour plusieurs jours, être parano est parfois utile. Rester plus longtemps ici serait délicieux si elle n'avait pas son père sur les bras. Elle appelle Yvette, son auxiliaire de vie, pour lui annoncer que leur retour est différé.

— Cette île est charmante, je suis sûre que vous l'auriez aimée, je regrette qu'un impératif vous ait empêchée de venir avec nous.

La voix d'Yvette au bout du fil trahit son étonnement.

— Je ne comprends pas, madame. Moi j'aurais été ravie de vous accompagner. C'est monsieur Gaston qui me l'a interdit au dernier moment.

— Quoi ? s'écrie Anne, sciée.

Éva & Nico

Quand ils sont arrivés dans leur chambre hier soir, elle lui a balancé bille en tête :

— Je veux divorcer, Nico. Je comptais te l'annoncer en rentrant demain. J'ai pris un avocat.

Nico a viré au gris.

— C'est la meilleure chose à faire, tu le sais aussi bien que moi, a-t-elle ajouté. On se partagera la garde de Victoire. Tout ira bien. Je ne m'en fais pas pour toi, tu seras entouré puisque ta maîtresse habite notre rue.

— Tu es folle !

— C'est vrai, j'ai été folle de toi trop longtemps. C'est terminé. Tu m'as fait honte ce soir. C'est la goutte d'eau qui fait déborder le vase.

Elle a pris une couverture et deux oreillers et s'est enfermée dans la salle de bains. Il a vainement plaidé sa cause, martelé la porte fermée à clef, supplié. Puis il a fini par se coucher. Elle a dormi dans la baignoire.

Quand leur hôtesse frappe à la porte pour les prévenir que le petit déjeuner est servi, Éva en profite pour quitter les lieux sans manger ni boire le champagne surprise. Nico s'enfile les deux coupes et les deux repas, apprend qu'ils sont prisonniers jusqu'au lendemain et demande où trouver des cigarettes.

— Chez Ty Beudeff ou à la Pop's Tavern.

Ce mariage est un calvaire. La brune qu'il avait repérée est partie du dîner hier soir au bras d'un abruti tout faraud. Il sort sur la lande, fonce tel un taureau dans un chemin creux, tombe à genoux, faisant sursauter un chat noir et blanc qui file à bonne distance. Puis il se relève, cherche du réseau, compose un numéro.

— Ça va ? s'inquiète sa mère.

— Mets le haut-parleur, ordonne-t-il sans s'embarrasser de formules de politesse.

Victoire ne pourra jamais marcher ni parler, mais elle entend, et elle rit en reconnaissant la voix de son père.

— Bonjour ma princesse, tu me manques, dit Nico de la voix velours-tendresse qu'il a inventée pour elle. Papa revient demain, d'accord ?

Elle glousse de joie. La mère de Nico passe ensuite dans la pièce à côté, chuchote au téléphone :

— Éva m'a appelée. Elle m'a dit pour la tempête. Et pour le divorce… je me demandais combien de temps elle tiendrait. Je t'épaulerai pour Victoire.

Nico retient un sanglot.

Anne

Elle aide son père à se laver puis à s'habiller, gênée de le voir nu alors que lui s'en contrefiche. Dans le plus simple appareil, il est vulnérable et magnifique. Elle évite de regarder son sexe, il s'en rend compte.

— Vous avez lu le livre de Romain Gary *Au-delà de cette limite votre ticket n'est plus valable* ?

— Oui, papa. Tu en parles souvent.

Il raidit les bras, résiste, elle a du mal à lui enfiler son chandail et sa veste.

— Quand c'est Yvette, tu y mets du tien, quand c'est moi, on dirait un bout de bois.

— Vous me faites mal, grogne-t-il.

— Hier, quand tu as félicité Julien d'être... d'avoir un ami, tu avais toute ta tête, s'énerve Anne. Et aujourd'hui tu ne sais plus qui je suis ?

— Vous aussi vous avez un ami ? répond Bon-Papa, guilleret. Vous me le présenterez ?

— J'ai prévenu Yvette que tu ne rentres pas ce soir. Je croyais qu'elle avait eu un empêchement pour ce week-end, mais c'est toi qui l'en as dissuadée ?

Bon-Papa la regarde sans ciller.

— Qui est Yvette ? demande-t-il. Ma femme s'appelait Antoinette.

— Je vais t'aider à mettre tes chaussettes, papa, soupire Anne.

Pascal

Il sort du lit où dort encore la rousse incendiaire qui a l'âge de sa fille. Adolescente au sourire métallique, elle a aujourd'hui un sourire carmin carnassier. La nuit a été torride et pleine d'humour, sans malentendu. Il a expliqué d'emblée qu'il était marié et bientôt à nouveau père. Elle est divorcée et décidée à s'amuser. Ils ne se reverront pas, c'est clair. D'autant plus que Pascal voit de moins en moins bien. Il le cache à sa femme, à ses collaborateurs, à ses auteurs. Quand on lui maile un manuscrit, il ne peut plus le lire, il est sauvé par une application qui transforme le texte en fichier audio. Pour ses mails quotidiens, il augmente la taille de la police au maximum.

— Il est quelle heure ? demande une voix ensommeillée.

— Attends…

Il se penche sur son élégante montre ultra-plate dont les aiguilles sont devenues floues.

— L'heure du petit déjeuner. Tu le veux au lit ? Thé ou café ?

— Thé et yaourt nature.

— Moi c'est *espresso* serré et tartines avec du miel.

— On n'est pas faits pour vivre ensemble. Par contre pour les galipettes, on est sur la même longueur d'onde.

Elle est drôle, pétillante, elle a de longues jambes bronzées. Il a encore l'âge de lui plaire. Quand le comptable de sa maison d'édition lui a demandé de prendre une carte avantage senior SNCF pour ses déplacements en train, il a regimbé, pas question. Ses auteurs et ses collaborateurs ignorent qu'il souffre de DMLA, un vieillissement du centre de la rétine. Ses cellules visuelles se détruisent chaque jour un peu plus. Il n'existe aucun traitement. Il voit flou, avec une tache sombre au milieu de son champ de vision, ça s'appelle un scotome. Dans ses déjeuners et ses rendez-vous professionnels, il parle à des corps sans tête. Ça stimule son imagination. Cette nuit, il a fait l'amour à une femme sans visage. Sa moto Royal Enfield et sa voiture Triumph décapotable ne quitteront plus son garage. Il verra les traits de son fils brouillés le jour de sa naissance.

— Tu n'es pas parisienne n'est-ce pas ?

— Je vis à Cannes.

— Je vais au Festival chaque année, je te ferai signe.

Il est de plus en plus gêné au cinéma mais il fait bien illusion, personne ne s'en est rendu compte.

— Merci infiniment pour ta beauté, dit-il courtoisement.

— J'ai un manuscrit à te soumettre.

— Pardon ?

Il ne s'y attendait pas. Il a vraiment cru qu'il lui plaisait. Il s'est fait manipuler comme un bleu. Vexé et déçu, il sort sa carte de son portefeuille, la lui tend.

— Tu as mon mail pro. J'ai hâte de te lire.

Elle part courir, légère, sur le sentier côtier, persuadée qu'il la publiera. Pascal téléphone aussitôt à Silvana, prend de ses nouvelles. Le bébé lui donne des coups de pied, ce sera un bon danseur de samba et de carioca.

— Tu es sage ? vérifie-t-elle avec son accent si sexy. Tu sais que je te tuerai si ce n'est pas le cas ?

— Je tiens à vivre longtemps et à voir grandir notre fils. J'ai dormi au presbytère. Tu veux que je fasse un *selfie* avec la bonne du curé ?

— Je veux que tu rentres vite.

— Je déteste chaque moment loin de toi mon amour.

Il dit la vérité. C'est si bon de voir son épouse ensorcelante marcher dans la rue ou dormir dans ses bras, il a imprimé ces images dans le disque dur de sa mémoire pour plus tard, quand il n'y verra plus, qu'il n'aura plus que sa voix, son parfum, sa peau de soie et sa silhouette floutée. Son bureau et sa maison de campagne sont remplis de livres dédicacés. Ses souvenirs sont peuplés de regards féminins soulignés de khôl ou de rimmel, de sourires, de froncements de nez, de courbes de seins ou de hanches, de chevilles, de poignets, de nuques, de lèvres. On lui offrira encore des livres qu'il ne pourra plus lire, mais aucune femme ne viendra plus agrandir sa collection, son spicilège aurait dit Montesquieu. Le spicilège de femmes de Pascal sera clos. La vie l'a gâté, belle gueule, haute taille, silhouette mince, des parents aimants mais pas collants, un frère moins brillant, une sœur pour laquelle tout ce qu'il dit est parole d'évangile. Il a sincèrement aimé Anne mais elle ne lui suffisait pas. Il trouvait normal d'aller voir ailleurs, tous les hommes font ça ma pauvre loute, on n'est pas dans une comédie musicale ! Elle n'a pas compris quand il lui a mis les points sur les « i » du mot infidèle. Évidemment, son Amable ne risque pas d'aller courir la gueuze avec sa canne à pommeau d'argent.

Pascal grimace. Amable a trente ans de plus que lui mais ne porte même pas de lunettes. Anne se serait occupée d'un Pascal diminué ; Silvana n'est pas du même bois. Il ne pourra même pas conduire leur fils à la crèche.

Pascal sort sa carte bleue pour régler la chambre, se concentre sur le pavé numérique aux chiffres désormais flous du terminal.

— Vous me paierez demain, le bateau ne passe pas, dit son hôte.

— C'est une blague ?

— Une réalité insulaire. Il y a du *lavagnon*, de la grosse houle. Profitez de l'île, la mer est furieuse, mais le soleil brille.

— Je dois absolument être à Paris ce soir. Il y a bien un bateau-taxi ?

— Il danserait comme un bouchon sur ces vagues.

— Donc je suis prisonnier ici ? Au XXIe siècle ? C'est insensé !

— Vous avez la chance de passer un jour et une nuit de plus avec nous, rétorque son hôte. Le futur président tunisien Bourguiba a été assigné à résidence ici pendant quatre mois par les autorités françaises, au printemps 1954, et lui ne s'en est pas plaint.

— C'est vrai ?

— Il logeait au bourg, surveillé par les gendarmes. Si l'île était assez bonne pour un président, elle l'est pour vous, non ?

Pascal se raisonne en savourant ses tartines au champagne. Il rappelle Silvana pour lui apprendre que son départ est repoussé et lui parle de Bourguiba, mais elle ignore que la Tunisie était un protectorat français, elle est née à Rio de Janeiro. Elle le prend mal, ils raccrochent, fâchés. La rousse ne revient pas, il imagine ses belles jambes s'agitant comme des bielles au rythme de sa course.

Il s'assied devant l'océan. Les vagues s'écrasent autour du trou noir au milieu de son champ de vision, comme si un géant avait mis le feu au centre du monde visible devenu parchemin troué dont les bords s'effilochent. La mer se déverse dans ce vortex, les vagues sont déformées, gondolées. Il ne skiera pas avec son fils, ne golfera pas, ne régatera pas. Il sera un père âgé qui ne verra pas plus loin que le bout de sa canne blanche. Il oublie qu'il n'a pratiqué aucun sport avec ses aînés, il travaillait trop, Anne s'occupait des gosses.

— Qu'est-ce qui m'a pris de faire un môme à soixante ans, marmonne-t-il.

— Pardon ? demande une jeune femme qui passe à sa hauteur en promenant son chien.

Elle porte un ciré jaune canari, son visage est nébuleux.

— Excusez-moi, je parlais tout seul. Je suis ici pour le mariage de ma fille. Vous faites partie de la noce ?

— Oh non, je suis groisillonne.

— Mariée à un Groisillon ?

— Oh, *porker*, oui, pas besoin d'aller chercher ailleurs. On était en classe ensemble. Arrête de tirer sur ta laisse, Tchumpôt, c'est bon, on y va !

— Tchumpôt ?

— C'est le meilleur dessert au monde, spécialité de l'île.

Pascal hoche la tête, se souvient que la recette figure à la fin du roman de Prune. Son portable sonne, probablement Silvana.

— Papa ? Merci pour le champagne ! dit la voix joyeuse de Fleur. C'était une délicieuse surprise. Désolée pour la météo. On se retrouve pour la promenade en début d'après-midi ?

— Tu déjeunes où ?

Elle hésite.

— Euh… Il y a maman…

— Ta mère commence à me courir sur le haricot, grogne-t-il. Tu me donnerais le numéro de téléphone de Prune s'il te plaît ? Je veux lui proposer un projet éditorial.

Fleur le lui donne.

— Je te réveille, mon Fruit Défendu ?
— Je suis debout depuis longtemps. Tu as passé la nuit avec la charmante rousse ?
— J'ignore de qui tu parles. Tu sais que les bateaux restent à quai ?
— Oui. J'ai eu une maison ici autrefois, ça arrive.
— On déjeune ensemble ?
— J'ai un rendez-vous, mais on se voit plus tard.
— Avec qui ?
— Cela ne te regarde pas.
— On déjeune ensemble à Paris la semaine prochaine ?
— C'est l'éditeur qui m'invite, ou c'est l'homme ?
— Tu acceptes l'invitation duquel ?
— Aucun des deux. Je suis fidèle à mon éditrice et tu vas être papa.

Éric & Coline

Coline aime le sport, la randonnée, courir et nager. Elle aime aussi les mots, là elle ne tergiverse pas, elle ne papillonne pas, avance à longues brasses de phrases, trace sa route. Sa mère adorait lire, son père s'y est remis grâce à Fleur.

Éric n'est pas sportif alors que sa carcasse induit en erreur. Il est grand, large d'épaules, il a la carrure de l'ado à l'aise à la piscine ou sur le terrain de foot. Enfant, à chaque rentrée scolaire, on le recrutait dans les premiers quand il fallait composer des équipes, avant de s'apercevoir qu'il était nul. Quel intérêt de lancer un ballon dans une cage ou de toucher plus vite que les autres le bord d'un bassin ? Il préfère visionner ses séries médicales sur Netflix.

Au lieu de se promener avec les adultes, ils ont retrouvé Dom et Mathilde qui les emmènent au Stank admirer la mer en colère. Alors qu'ils avancent à quatre de front sur la route, ils rattrapent une femme qui marche lentement en écoutant de la musique.

— C'est la romancière, non ?

Ils arrivent à sa hauteur. Elle retire son casque pour leur dire bonjour.

— Vous vous êtes perdue ?

— Non, j'ai un rendez-vous.

— Avancez, je vous rattrape, dit Coline aux autres.

Elle calque son pas sur celui de Prune. Éric et les jeunes Groisillons disparaissent au tournant suivant.

— Je voulais vous parler, explique Coline. Je joue du violon mais je ne suis pas douée. Ce qui me plaît vraiment, c'est écrire. Sauf que tout le monde est médecin dans ma famille.

— Tu n'es pas obligée de les imiter.

— Un peu, si, quand même. Non ?

— Écrire, c'est aussi une façon de soigner les gens, de panser leurs plaies, avec moins d'effets secondaires que certains médicaments.

— C'est vrai, mon père s'est remarié grâce à votre livre. Vous savez, je joue du violon pour ma mère mais je suis si mauvaise qu'elle doit se boucher les oreilles là-haut. Quand elle jouait de la musique klezmer, ça me tordait le cœur, c'était beau, comme si des gens derrière les notes racontaient leur histoire. Elles sortent d'où, les vôtres ? Vous les inventez à partir de quoi ?

— Je choisis des personnages et je les balance dans la flotte. Puis je les regarde nager et le puzzle se construit. Le plus important, c'est la première phrase.

— La première phrase ?

Prune sourit.

— Un livre, c'est une île, j'en fais le tour, j'y pose mon sac, je rencontre ses habitants et je les écoute parler. Ils me soufflent les répliques et le décor. Tu as lu *Le Roman d'un enfant* de Pierre Loti ?

Coline secoue la tête.

— Le passage où le narrateur découvre la mer commence par : « J'étais arrivé le soir, avec mes parents, dans un village de la côte saintongeaise. » C'est parfait, tout est calé, le spectacle peut commencer. Le narrateur est un enfant. Il est arrivé le soir, donc il fait sombre. Sur la côte, donc il y a la mer. On attend avec lui que le jour se lève. Chaque phrase a sa nécessité. Un livre, c'est un ensemble de phrases indispensables.

— Je comprends.

— L'écriture est une chance incroyable, ajoute Prune. Avoir une passion, une raison de se réveiller le matin, qui mobilise nos forces vives, c'est essentiel. Même si on n'a plus rien d'autre, on a toujours ça.

— Avant, j'écrivais des nouvelles mais j'ai arrêté.

— Pourquoi ?

Coline hausse les épaules.

— D'autres trucs à faire.

— Si tu as mieux à faire qu'écrire, laisse tomber, ce n'est pas ton rêve.

Elle l'a dit abruptement et Coline frémit.

— Depuis que maman n'est plus là, j'aide mon père à la maison, il en fait déjà beaucoup mais si je peux le soulager…, marmonne-t-elle.

— Excuse-moi. Tu as raison. Et puis tu sais, un

écrivain est un marathonien, il doit tenir sur le long cours. Pourquoi veux-tu écrire, Coline ?

— Parce qu'une seule vie ne me suffit pas, souffle l'adolescente.

Prune veut l'aider, cherche dans ses poches, trouve un des petits carnets fétiches qui ne la quittent jamais et qu'elle n'a pas encore commencé. Elle le tend à Coline.

— Spécial écrivain. Il t'attendait. Tu y écriras ta première phrase.

Prune

Elle n'a pas rendez-vous avec un homme mais avec un lieu. S'il n'y avait pas eu la tempête, elle serait repartie sans revoir La Maison amande. Une fois que Coline l'a quittée, elle suit le sentier côtier vers la baie de Locmaria, arrive au hameau, les jambes flageolantes. Les trous du chemin ont été bouchés, la route est maintenant goudronnée. Elle avance jusqu'au muret qui borde son ancien jardin.

La maison a changé de couleur. Elle est devenue jaune. Des hortensias roses montent à l'assaut des murs. L'herbe est haute, les propriétaires ne sont pas venus récemment. Elle regarde le nom sur la boîte aux lettres, ce n'est plus la famille à laquelle elle a vendu. Le jour de la signature chez le notaire, elle tenait à peine debout. Elle était arrivée en avance pour éviter de croiser Quentin. Ils avaient joué au couple uni et heureux pour ne pas dissuader les acheteurs. Dans la rue ensuite, elle avait allumé une cigarette pour s'agripper à la fumée, Quentin l'avait rejointe, elle s'était aussitôt échappée.

Leur maison du bonheur avait trois chambres à

l'étage, une grande et deux petites. Ils avaient transformé la grande en pièce de travail : moitié bureau d'écrivain pour Prune, moitié atelier pour Quentin, architecte d'intérieur. Lui, qui avait grandi sans foyer, créait des maisons. Ils avaient construit un sommier en bois qui occupait toute la deuxième chambre, commandé un matelas sur mesure, elle était devenue bateau, radeau, pour naviguer ensemble. La dernière chambre était celle de Bleuenn, Quentin avait peint l'océan sur chaque mur, Prune avait choisi un tapis jaune sable, ils avaient collé des étoiles au plafond et accroché un mobile avec des goélands.

Prune pousse la barrière, pénètre dans le jardin. À Groix, il n'y a ni grilles, ni palissades, ni enclos, sauf pour les chevaux et les moutons. Les jardins sont séparés par des murets bas de pierres sèches. Prune pose ses mains à plat sur le mur, demande pardon à la maison : « Je suis désolée, je ne pouvais pas revenir, tu comprends ? J'espère qu'ils sont sensibles à ta magie comme nous l'avons été. » Les bateaux font des montagnes russes sur les vagues dans la baie de Locmaria, l'écume vole et dépose des moustaches blanches sur les buissons.

Prune plonge la main dans sa poche, en sort la clef qu'elle y a glissée au dernier moment en préparant son sac au Gibet. Elle vérifie que personne ne la voit, introduit la clef dans la serrure, tourne en retenant sa respiration, pèse sur la poignée. La porte s'ouvre en grinçant avec le même bruit qu'autrefois. L'odeur n'a pas changé en dix-huit ans. Les hommes passent, leurs signatures pâlissent sur les actes de vente, les maisons demeurent immuables, inébranlables, elles conservent leur parfum propre, si personne n'y éparpille des praires.

La décoration intérieure est inattendue : rideaux fleuris, canapé Chesterfield, collection de théières, Miss Marple en Bretagne. Sur les photos encadrées, les nouveaux proprios sourient à côté de leurs enfants, tous ont les incisives écartées, ce qu'on appelle les dents du bonheur.

Dans un cadre à l'écart, deux yeux francs regardent fixement le photographe. Le garçon porte un casque et un uniforme de pompier. Il sourit, jeune et enthousiaste, au-dessus de deux dates : 1995-2017. Victime du devoir, cité à l'ordre de la Nation, sapeur de première classe volontaire, c'est écrit sous la photo. Ses parents étaient-ils à Groix ? Si Bleuenn et ce jeune pompier avaient vécu, ils auraient l'âge de sortir ensemble aujourd'hui. Prune n'envie plus les nouveaux proprios, la mère de la photo est sa sœur de chagrin, son double avec un trou dans le cœur.

Elle avance dans la maison. On habite où sont nos bottes, où est notre sac à malices. Entre ces murs qui ont été siens, elle devine une vie quotidienne. Certains objets ne collent pas avec le reste, cadeaux d'amis que les hôtes n'ont pas osé jeter par politesse. Elle aime les phares et balises peints sur des voiles encadrées accrochées au mur, elle regarde la signature, Perrine Auré-Deschamps. Du temps de Prune, tout le monde avait des tableaux de Yannick Vince. Il y a une grande télévision, une chaîne hi-fi antédiluvienne, un panier avec une écuelle devant. Ils reviendront à Pâques ou à la Trinité. Prune retourne le cadre du jeune pompier souriant, elle ne supporte plus son regard fixe. Elle marche vers la bibliothèque, inspecte les livres. Ils ont cinq de ses romans, dont *Face à la mer immense.* Flattée, elle l'ouvre, elle a un hoquet de stupeur. Il est dédicacé « À toi mon amour, sans qui je n'aurais jamais écrit ces pages de sel et d'espoir » à l'encre rouge, de sa propre main. Un rire triste s'échappe de ses lèvres. Ce sont les livres qu'elle avait offerts à Quentin ! Lorsqu'elle a vendu la maison, meublée, elle n'a rien emporté, ni vêtements, ni souvenir, ni bibelot, ni nappe, ni tableau, que dalle. Elle a prévenu Quentin pour qu'il vienne chercher ce qui l'intéressait. Il a laissé ses livres. Prune frémit sous l'insulte. Au moins, les propriétaires successifs les ont gardés.

Dans la cuisine, une immense *Greke*, la cafetière des marins groisillons, trône devant la fenêtre. La longue table est entourée de huit chaises. Chez elle, à Croissy, il n'y en a que deux. Les casseroles et les poêles abandonnées près de l'évier sont trois fois plus grandes qu'au Gibet. Des *Ouest-France* et des *Télégramme* sont empilés près des bûches pour allumer le feu.

Soudain, Prune a du mal à respirer, l'impression que les murs se rapprochent. Elle se force pourtant à monter l'escalier dont la quatrième et la huitième marche couinent encore, elle les enjambait pour ne pas réveiller sa fille. La grande pièce qui servait d'atelier et de bureau a été réaménagée avec des lits superposés, façon dortoir de pensionnat. Son ancienne chambre avec Quentin est restée la chambre parentale. Elle pose la main sur la porte de la troisième pièce et inspire à fond. Tombe sur une chambre-mémorial avec des affiches de pompiers, une collection de mugs et de produits dérivés portant la devise « Sauver ou Périr », et une photo sur laquelle le jeune mort rigole à la caserne entouré de copains. Lui, au moins, a eu le temps d'être joyeux, d'avoir des amis, de vivre son rêve. Les murs ont été repeints, les vagues de l'océan ont disparu, le sol n'est plus jaune sable, les étoiles sont restées au plafond. Elles n'auront sauvé ni l'enfant ni le soldat du feu.

Prune redescend, broyée de chagrin. Elle replace le cadre dans sa position initiale, referme la porte à clef, s'adosse au mur jaune, glisse au sol. La tête renversée vers les nuages, elle cherche son souffle. Ce n'est pas une maison, c'est un mausolée, le décor d'un théâtre dont la pièce finit mal. Elle manque défaillir quand une voix s'élève :

— Vous cherchez quelqu'un ?

Un homme en tee-shirt floqué « J'peux pas, j'ai Bretagne » vient d'entrer dans le jardin, coupe-bordures à la main.

— Ils arrivent la semaine prochaine. Vous vouliez les voir ?

Elle retrouve ses esprits, se relève.

— J'espérais, oui. Je reviendrai.

— Vous voulez que je leur transmette un message ?

Prune secoue la tête et reprend son chemin, les yeux humides.

Quand elle était petite, son père la houspillait tendrement en lui disant de sa grosse voix : « Tu ne vas pas pleuvoir ? Une Prune mouillée, ça fait des confitures ! » si elle se mettait à pleurer.

— Je ne pleus, pas, papa, murmure-t-elle. C'est l'eau de mer qui me pique les yeux.

Balade à Pen Men

Les marcheurs se retrouvent à une vingtaine devant Bleu Thé, et partent vers Pen Men en faisant un crochet par Quelhuit et la chapelle Saint-Léonard. Anne, Amable et Bon-Papa sont restés au chaud au Ty Mad. Les ados vivent leur vie. Restent les mariés, Pascal, Julien, l'amie rousse de Fleur, Nico qui cherche sa femme, des copains et des cousins. Personne n'a de chaussures de marche, ils étaient partis pour vingt-quatre heures.

— Vous saviez que le président Bourguiba a été assigné à résidence dans cette île ? lance Pascal à la cantonade.

— Il faut que je te dise quelque chose, papa, annonce Julien en arrivant à sa hauteur.

— Tu as besoin de fric ?

— Non.

— Ta petite amie est enceinte ?

— Non.

— Qu'est-ce que je peux faire pour toi ?

Julien sourit.

— Rien. Je veux seulement te dire que je suis heureux.

Luigi

Il pédale hardiment sur la route entre Lomener et Locqueltas, tourne à gauche au restaurant La Malicette, monte la petite côte, puis aborde la descente sourire aux lèvres. Il glisse dans l'air marin, grisé par la vitesse, seul au monde entre le ciel et l'eau. À sa droite, la mer miroite puissamment, des reflets dansent, des voiles ponctuent de rouge ou de blanc le bleu sombre. Des chevaux dans un pré le regardent passer. Il a une brève seconde la tentation de retirer ses mains du guidon, de les écarter et de foncer jusqu'en bas en fermant les yeux. Personne ne l'attend chez lui. Son fils et sa petite-fille sont heureux. Il craint d'être un jour un poids pour eux, un vieillard radotant. Il lève la main gauche, la tend dans l'air qui fouette ses doigts. Le vélo fait un léger écart. Au même moment, une voiture qu'il n'a pas entendue arriver le dépasse, un enfant assis à l'arrière se méprend sur son geste et lui rend son bonjour. Luigi replace sa main sur le guidon. Il arrive trop vite en bas de la descente.

C'est à cet instant qu'il l'aperçoit. Elle lui tourne

le dos mais il reconnaît sa silhouette. Elle observe la mer, dos voûté, muscles tendus, les poings serrés au bout de ses bras crispés. Il freine, part en dérapage, se rétablit *in extremis*. Elle ne se retourne même pas. Il s'approche d'elle, pose son vélo contre le mur d'une maison. C'est joli ici. Un hameau devant l'océan, au bout de la rade de Locmaria.

— Je vous dérange ? demande-t-il doucement.

Un jour, jeune interne aux urgences, il s'était occupé d'une patiente coincée dans les tôles de sa voiture après un accident. Elle était restée deux heures prisonnière de la carrosserie, les pompiers l'avaient désincarcérée, tous s'attendaient à la trouver polytraumatisée, cassée de partout, en fait elle était indemne. Rien de visible, ni fracture ni plaie, mais elle était brisée à l'intérieur, disloquée, parce qu'elle avait tué un motard. C'était entièrement la faute du motard, mais elle porterait toute sa vie le poids de cette tragédie. Elle avait le même regard que Prune aujourd'hui.

La romancière l'a ému, hier soir, au banquet. Il devine chez elle ce qu'il appelle le mental Roland-Garros. Chaque année, il ferme son cabinet et passe le temps du tournoi devant sa télévision. Il se fiche des finales, où des champions au psychisme de robots s'affrontent. Ce qu'il aime, ce sont les premiers matchs, quand les joueurs se ruent sur chaque balle comme si leur existence en dépendait. Il devine que Prune aussi se rue sur chaque jour qui passe, qu'elle combat la douleur au quotidien, que son mental seul lui permet de survivre.

— Je vous dérange, répète-t-il.

Cette fois c'est une affirmation.

— Oui.

— Pourtant je vais rester.

Il ne fait pas froid mais elle tremble.

— On gèle, non ? vérifie-t-elle.

Elle arrache son regard aux vagues pour l'arrimer au sien.

— Ma fille s'appelait Bleuenn, « fleur blanche » en breton. Elle avait sept mois. J'avais acheté cette maison avec mon compagnon grâce aux droits d'auteur du livre qui nous a tous réunis ici.

Sa main désigne la maison autrefois vert amande.

— Quentin était reparti à Paris pour son travail. Tous les matins je me promenais avec Bleuenn le long de la plage jusqu'à la Pointe des Chats, le phare avec le chapeau rouge là-bas. Je l'installais dans sa poussette et je lui parlais en marchant. Certaines mamans préfèrent le porte-bébé ventral, face à elles, moi je voulais que notre fille découvre le monde, plutôt que moi.

Elle s'interrompt, perdue dans le souvenir de ces balades heureuses.

— Un jour, on arrivait aux Chats quand on a croisé une randonneuse avec un sac à dos, des chaussures de randonnée et un bâton de marche, pas un de ceux à bouts ferrés interdits sur nos sentiers côtiers. On s'est souri, mais son sourire à elle s'est fracassé. Son visage a ressemblé à l'homme de Munch, celui qui hurle dans le silence. Elle s'est précipitée sur Bleuenn.

Prune s'interrompt une seconde, le souffle coupé.

— Ma fille avait cessé de respirer pendant que je lui racontais les vagues, les nuages, les oiseaux et les buissons de mûres. Elle avait les yeux ouverts, vitreux. La randonneuse était infirmière en pédiatrie, elle a compris tout de suite. Moi je ne savais pas que ça existait, la « mort subite du nourrisson », aujourd'hui les médecins disent « mort inattendue ». Elle a tenté de réanimer Bleuenn.

Prune chancelle, Luigi la retient.

— Après, j'ai eu un passage à vide. Bleuenn n'est plus dans sa poussette, les gens s'attroupent, les pompiers et un médecin arrivent. On me fait monter dans la vedette du secours en mer avec la randonneuse qui s'appelle Irma, elle tient ma fille dont le visage est caché par un linge et j'ai peur qu'elle s'étouffe. On me parle lentement comme si j'étais sourde, les marins me regardent avec une tendresse navrée. À l'hôpital, j'espère encore qu'ils peuvent sauver Bleuenn. Ils me demandent de prévenir Quentin mais il ne répond pas au téléphone. Je lui laisse des messages de plus en plus délirants. Je hurle à me briser la voix. Il n'y a pas de place pour m'hospitaliser en psychiatrie. On me dit de rentrer chez moi et de revenir demain. Je promets tout ce qu'ils veulent à condition qu'on me rende ma fille, je dois prendre le dernier bateau pour l'île avec elle. On me répond que c'est impossible. Je demande pourquoi. Une psychologue appelée en renfort prétend que Bleuenn ne respire plus, que son cœur ne bat plus.

Dix-huit ans plus tard, Prune, debout, frémit.

— Je rentre seule à La Maison amande pleine de jouets, de photos, de vie. Quentin m'appelle au petit matin, mais j'ai pris une triple dose de somnifères, je suis assommée, alors il revient par le premier bateau.

Elle me fixe avec un regard dur.

— C'est comme ça que j'ai su qu'il me mentait. Il était censé être à Paris. Pour arriver si vite, il fallait qu'il soit déjà en Bretagne. J'étais si écrabouillée de peine, il aurait pu être avec un bus entier de strip-teaseuses, je ne pensais qu'à ma fille. Une voix dans ma tête me martelait que s'il avait été avec nous sur le sentier côtier, il aurait vu Bleuenn cesser de respirer, il l'aurait réveillée. Au lieu de protéger notre enfant, il s'envoyait en l'air. Alors je l'ai doublement haï, parce que j'avais besoin de partager ma faute pour ne pas devenir folle.

Prune se mord la lèvre inférieure.

— Ça a été la meilleure année de ma vie puis la pire. *Face à la mer immense* était un best-seller traduit dans une douzaine de pays. On avait acheté La Maison amande, notre fille était née. Ensuite le couperet est tombé et la joie a disparu.

Elle laisse échapper un rire triste.

— J'ai perdu ma fille, j'ai cessé d'avoir confiance en Quentin. Après j'ai découvert avec qui il était cette nuit-là. J'ai été trahie par les deux personnes en qui j'avais le plus confiance. J'étais seule coupable de la mort de Bleuenn, mais nous étions trois responsables. En rentrant du week-end dans la gentilhommière du Finistère, j'ai quitté Paris par le premier train. Je suis retournée à Groix, j'ai dormi à l'Hôtel de la Marine chez notre amie Anne-Marie ; le lendemain je suis allée dans la plus grande agence immobilière, je leur ai donné une semaine pour vendre ma maison. Il leur a fallu deux jours. J'ai exigé que les acheteurs prennent la maison en l'état, sans que j'y remette les pieds. C'est la première fois que je reviens ici depuis dix-huit ans, l'âge que Bleuenn aurait aujourd'hui.

La voix de Prune devient rauque. Elle le tutoie sans s'en rendre compte.

— Quand ton fils et Fleur m'ont écrit pour offrir à leurs invités le livre de mon bonheur enfui, j'y ai vu une forme de rédemption. Un pardon, l'absolution de ma fille. Je ne pouvais pas leur refuser. Tu comprends ?

— Tu regrettes d'être venue ?

— Je ne sais pas.

Il se penche vers elle, grave.

— Certains êtres sont trop légers pour vivre, on n'y peut rien. Toi et moi, on est ancrés.

Il pose soudain ses lèvres sur les siennes, puis ses mains fortes autour de sa taille. Elle accepte l'étreinte, s'abandonne à la douceur. Elle songe à la laisse de mer, la bande d'algues et de coquillages que la marée abandonne sur le sable en redescendant. Aux cadeaux de l'océan, bois flottés, cargaisons dérivantes, bateaux naufragés aux cales pleines. Elle savoure profondément ce moment qui la ramène à la vie.

On ne peut pas oublier un enfant mort, il reste à la lisière de chaque minute, s'assied au bord de chaque berceau, se cache derrière chaque petite fille qui joue, derrière les jouets du supermarché, les robes des magasins. Mais à cette seconde précise, elle choisit de s'autoriser le plaisir. Elle fait une enjambée du côté de la joie.

Ils traversent le hameau main dans la main. Ils longent un figuier géant au parfum entêtant, dépassent l'amer blanc qui sert de repère aux navigateurs, prennent le sentier côtier. À gauche, les petites criques se succèdent. Ils descendent dans l'une, au hasard. Ils s'allongent entre des rochers, serrés comme jadis les sardines des boîtes de la conserverie de Port-Lay. Restent longtemps ainsi, se rassasiant de la proximité de leurs corps vibrants. Jusqu'à ce que leurs vêtements deviennent un fardeau et qu'ils s'en débarrassent.

Prune

Elle marche à côté de Luigi qui a récupéré son vélo, attentive au déhanché de leurs corps. Ils arrivent devant l'église de la Trinité. En face, il y a une école, l'antenne de Groix du collège des îles du Ponant. Une pancarte, de l'autre côté, annonce « Un Brin Verrier, ouvert de 10 h à 12 h et de 16 h à 19 h ».

— Allons voir, propose Prune.

Ils passent une petite porte, entrent dans un atelier où un couple d'artisans travaille le verre. Chacun devant sa table tient le feu au bout de son chalumeau.

— C'est beau ce que vous faites, remarque Prune en admirant les pailles, bagues, colliers et animaux délicats.

— Vous avez de la chance de vivre sur cette île, dit Luigi.

La femme secoue la tête.

— On nous le dit souvent. Ce n'est pas une question de chance, mais de choix. Nous avons l'océan toute l'année, pas d'embouteillages, pas de stress, c'est vrai. Nous n'avons pas de gros 4×4 et nous travaillons l'été quand les vacanciers et les résidents secondaires arrivent. Nous avons choisi.

— Quand on explique ça aux gens, renchérit l'homme, ils quittent l'atelier pensifs, rêvent pour une heure d'une vie meilleure, écolo, authentique, sereine, sans superflu. Puis le fantasme vole en éclats et ils recommencent à courir.

Prune admire une cerise en verre, si alléchante qu'on a envie de la croquer.

— Vous pourriez créer un objet pour moi ? demande Luigi.

— Quel genre ?

— Un crayon ou un stylo.

L'artisan réfléchit un instant.

— Je pourrais. Vous le voyez comment ?

— Inspiré. Léger. Aérien.

— Vous avez lu *Océan mer* d'Alessandro Baricco ? Dans ce livre, il y a un homme, Plasson, qui peint avec de l'eau. Tous les jours, il se plante avec son chevalet au bord de la mer, il trempe ses pinceaux dans l'eau salée, et il peint des tableaux invisibles. Le catalogue qui recense ses œuvres numérotées précise à chaque tableau « *Océan mer*, huile sur toile, entièrement blanc ».

— Quelle idée merveilleuse, murmure Prune.

Les verriers ne jouent pas avec l'alphabet, mais avec des bâtons de verre. Le regard de l'artisan a changé, tourné vers l'intérieur.

— Je pense à un stylo de verre dans le réservoir duquel je mettrais de l'eau à la place de l'encre, dit lentement l'homme.

Il regarde sa femme, elle comprend immédiatement ce qu'il imagine.

— De l'eau de mer ! On la fera bouillir pour éviter que les micro-organismes l'altèrent et la rendent trouble, précise-t-elle, pragmatique.

— Il vous le faut pour quand ?

— Nous partons demain par le premier bateau qui passera.

— On ferme à 19 heures ce soir. Revenez juste avant.

Le couple d'artisans a hâte que Luigi et Prune débarrassent le plancher, ils brûlent de concrétiser cette vision. Prune connaît cette envie que les autres s'en aillent pour plonger dans un chapitre avant que les idées s'envolent telles des bulles de savon.

Ils quittent la boutique et marchent vers le bourg.

— Quand j'étais petit, on écrivait avec de l'encre sympathique, se rappelle Luigi. Les mots apparaissaient en réchauffant le papier sous une lampe.

— Pour mon anniversaire, ma sœur m'avait offert de l'encre noire magique qui disparaissait au bout de cinq minutes, se souvient Prune.

Elle repense au soir où leurs parents devaient assister à une cérémonie. Leur père portait un smoking et une chemise habillée avec un plastron glacé d'une éclatante blancheur, leur mère une robe longue en velours noir avec un rang de perles. Prune s'était approchée de leur père et avait aspergé son plastron d'encre magique. Il avait eu un hoquet d'horreur :

— Qu'est-ce que tu fais ? Tu es folle ?

— Tu vas voir papa, ça va disparaître, pouf !

L'encre noire avait effectivement disparu, laissant un halo jaune du plus bel effet. Leur père n'avait qu'un seul plastron, il avait dû se changer. Sa sœur et elle avaient été privées de dessert, alors qu'il y avait des crêpes au chocolat, la cuisine embaumait.

— J'ai lu *Soie* de Baricco mais pas le livre dont parlait le verrier, je le commanderai à la librairie près de chez moi, dit Prune.

— Je ne sais même pas où tu vis ?

— À Croissy dans les Yvelines. Et toi ?

— En Touraine. Tours est à une heure de Paris en TGV, nous sommes pratiquement voisins.

— Je présente mes livres chaque année à l'association *Livres en Loire*, et je dédicace en automne à l'Opéra de Tours.

— C'est dans longtemps, dit Luigi.

Prune se crispe, ça va trop vite. Heureusement Éva arrive d'une rue adjacente.

— Vous venez de Pen Men ? suppose Luigi.

— Non, de l'opposé, Port-Mélite, en traversant le village du Méné, j'avais envie de marcher seule. Et vous ?

— Promenade à vélo, dit Luigi.

— Bond en arrière dans le temps, répond Prune.

Ils tournent tous les trois le coin et débouchent place du Leurhé.

— Ohé ! Par ici ! Papa ! Éva ! Prune !

Merlin et Fleur sont attablés au Triskell avec les marcheurs. Nico se dresse, ombrageux.

— Je t'ai cherchée toute la journée. Faut qu'on parle.

— Plus tard. On n'a pas eu une vraie conversation en quinze ans de mariage, ça n'intéresse pas nos amis et ça peut attendre.

— Je vais changer, je te jure ! supplie-t-il.

Elle lève la main. Nico croit qu'elle va le gifler, se raidit sans reculer. Elle lui caresse la joue avec une intolérable douceur.

— Tu ne changeras pas, moi non plus. On ne change pas en se mariant. Ceux qui s'imaginent qu'on transforme l'autre en l'épousant se fourrent le doigt dans l'œil. Je veux divorcer. Je ne regrette ni nos années ensemble ni la naissance de Victoire. Mais c'est terminé.

— Donne-moi une seconde chance, Éva.

— On n'a qu'une vie, Nico. Je veux rire, respirer, et avec toi je ne peux plus. On mérite tous les deux d'être heureux, d'être aimés autant que Merlin et Fleur s'aiment.

— C'est qui le salopard pour lequel tu me quittes ?

— Arrête, Nico, tu n'y crois pas toi-même. Il n'y a pas de salopard. Il n'y a que moi. J'ai pris une chambre ailleurs ce soir.

Fleur et Merlin échangent un regard en pensant à leur vœu au lever du soleil. Nico se balance d'avant en arrière, puis il baisse la tête, roule des épaules, et s'en va, vaincu.

— Je suis désolée, dit Éva à Merlin.

— Viens.

On s'écarte pour lui faire place. Fleur sait qu'Éva a soutenu Merlin après la mort de Jeanne, qu'elle a été une vraie amie et qu'elle est une bonne marraine pour Coline. Elle pense à son faire-part de mariage avec Merlin préparé dans la joie, aux galets peints aux prénoms des invités, aux préparatifs de ce jour spécial.

Ça n'existe pas les faire-part de divorce.

On ne discute pas la couleur ou la texture du papier, on ne choisit pas les timbres pour annoncer que : *Nico et Éva ont la tristesse de vous faire part de leur divorce qui a été décidé à l'île de Groix, latitude 47° 38' 15" N, longitude 3° 27' 46" O. Ils vont avoir besoin d'amitié, de compréhension. De diplomatie pour que leur fille Victoire encaisse le choc. Et de croire chacun à l'amour avec quelqu'un d'autre.*

Éric & Coline

Le dimanche se termine autour d'un verre rassemblant les invités sur le port au Café de la Jetée. Tous partiront demain matin si les rotations reprennent. Famille et amis s'éparpillent ensuite à travers l'île, dînent au restaurant ou dans une crêperie. Les ados se partagent des pizzas chez Mathilde.

— On va au *glub*, dit-elle à sa mère après le repas.

Éric et Coline la suivent jusqu'à un muret sur la place du village.

— C'est ça le *glub* ?

Dom et Mathilde pouffent.

— Jo Le Port, le pêcheur d'histoires, la mémoire de l'île, pense que c'est une déformation du mot « club » par les marins qui faisaient relâche dans les ports anglais pour le charbon au début du XXe siècle, dit Mathilde.

— Avant la télé, il y avait des *glubs* dans chaque village. Les hommes et les femmes s'y retrouvaient, chacun de son côté, pour parler. Notre *glub* à nous est mixte, ajoute Dom.

Ils s'asseyent en tailleur sur le muret, refont le monde jusque tard dans la nuit. À leur âge on n'a besoin ni de fauteuils *glub*, ni de whisky, ni de cheminée, on a toute la vie devant soi.

Luigi

Prune n'a pas faim et a déclaré qu'elle voulait se coucher tôt. Il a respecté son désir de solitude. Il est repassé chez les verriers avant la fermeture, émerveillé par la pureté de l'objet sorti des mains de l'artisan. Il a dîné au Bao, élu meilleure table de *fooding*, avec Éva et d'autres invités du mariage, puis il est descendu retrouver Merlin et Fleur comme convenu.

Il les attend devant l'écomusée, les yeux dans le vague. Merlin a beau être marié et chef de famille, il demeure pour son père l'enfant auquel il a appris à faire du vélo sans les petites roues. Celui dont il a lâché la main au premier jour d'école. Celui dont il entourait les épaules le matin de l'enterrement de sa mère.

Luigi est né optimiste. Laurence est née mélancolique. Elle avait tout fait pour le dissuader de l'aimer quand c'était devenu vraiment sérieux entre eux.

— Le monde est plein de filles canon avec lesquelles tu seras mille fois plus heureux.

— Je me fiche des filles canon.

— Tu ne sais pas à quoi tu t'exposes.

La vérité qu'elle lui avait alors assenée était la suivante :

— J'ai vu des psys en pagaille, même un neurologue. Rien ne cloche sous mon crâne. Mais j'ai pris la décision irrévocable de ne pas dépasser quarante ans, de ne jamais être plus âgée que ma mère. C'est mon *deal* avec le destin, le contrat est acté, je ne changerai pas d'avis. Je t'aime trop pour t'imposer ça. Passe ton chemin. Jette ton dévolu sur une autre. Je ne t'apporterais que du malheur.

Soutenant son regard, il avait rétorqué :

— Je signe où pour les quinze prochaines années ?

— Tu es certain ? Je ne te prends pas en traître, on est d'accord ?

— On est d'accord, avait-il répondu, persuadé de la faire changer d'avis.

Ils n'en avaient plus jamais reparlé. Ils avaient fini leurs études, s'étaient mariés. Laurence était tombée enceinte. Luigi aurait donné sa tête à couper qu'elle avait oublié ses projets funestes. Merlin grandissait, proche de sa mère. Anesthésiste, Laurence aimait endormir ses patients, puis les réveiller. Tout allait bien. Jusqu'au jour de ses quarante ans.

La nuit tombe sur Port-Tudy. Luigi est sous le charme de cette île loin de l'agitation de la grande terre en face. Sous le charme de Prune, cette femme qu'il n'attendait pas. Il est conscient que leur parenthèse dans la crique près de La Maison amande est plus liée à sa tristesse à elle qu'à une attirance pour lui. Pourtant Luigi se sent plus léger qu'hier en abordant l'île. Il pensait que cela ne lui arriverait plus. C'est donc possible. Même s'il doit en souffrir, il prend à nouveau le risque.

— Salut, papa !

Merlin surgit de l'ombre, seul.

— Bonsoir mon fils. Où est ta femme ?

— Elle voulait voir son père mais on ne l'a pas trouvé, alors elle est allée boire une tisane avec sa mère.

— Pascal est peut-être avec Prune.

Son fils le dévisage, surpris.

— Qu'est-ce qui te fait croire ça ?

— Je ne sais pas…

Ils marchent le long du bassin à flot, leurs yeux filent vers le large entre les balises d'entrée de port, la rouge et la verte. Ils se ressemblent, même gabarit, médecins tous les deux : le fils travaille dans un service d'ophtalmo pédiatrique à Rouen ; le père a un cabinet de radiologie privé à Tours et des vacations à l'hôpital.

— Tu sais que mon beau-père attend un fils ? dit Merlin. Sa femme doit accoucher dans un mois.

Luigi l'ignorait et s'en réjouit, Pascal n'aura pas le temps de s'occuper de Prune. Ils s'installent au Mojo, commandent deux bières, boivent en connivence.

— Cela fait longtemps que je ne t'ai pas vu aussi heureux, mon fils. Coline aussi a changé de visage.

— Fleur ne peut pas remplacer Jeanne, mais Coline s'entend bien avec elle. J'ai eu du mal avec Éric, au début, il attendait son père et défendait sa place.

Merlin, occupé à gérer la soirée de leurs invités, n'a pas dîné. Il songe à demander des chips, à cause de son diabète, parce que l'alcool bu à jeun cause des hypoglycémies, puis il oublie. Le niveau dans leurs verres descend.

— Je n'ai pas été tout à fait honnête avec toi, papa.

— Pourquoi dis-tu ça ?

— Parce que Jeanne m'a quitté.

— La vie te l'a enlevée, c'est différent, corrige Luigi.

— Non, elle s'était envolée avant, elle se barrait, précise son fils face à l'eau noire. Il fait soif, non ? Quand les mouettes ont pied, il est temps de virer et de se resservir.

Un serveur vient débarrasser les bières, il lui fait signe de remettre une tournée.

— Comment ça, elle se barrait ?

— Elle ne prenait pas simplement des cours de pilotage. On s'est disputés ce jour-là parce qu'elle m'a annoncé qu'elle partait avec son moniteur en me laissant Coline. Elle voulait sa liberté. Un gamin a perdu le contrôle de son drone qu'il n'avait pas le droit de faire voler près de l'aérodrome. Jeanne devait regarder son amant dans le blanc des yeux au lieu de vérifier le ciel. Ils sont partis en fumée ensemble.

Luigi, persuadé que le couple de son fils allait bien, est stupéfait.

— On restait ensemble par habitude, on s'était éloignés. Elle allait recommencer sa vie en nous zappant. Après l'accident, tout le monde a été si gentil avec nous. Je n'ai pas eu le cœur de dire la vérité à Coline.

Merlin ponctue sa phrase d'un ample geste du bras.

— Personne n'a su. Jeanne avait réfléchi, elle ne souhaitait même pas demander la garde alternée pour notre fille, elle se serait contentée d'un week-end sur deux ! Mais hier, j'ai épousé la plus merveilleuse femme de l'univers. J'ai une chance dingue. Une veine de cocu, papa ! Une veine de cocu heureux.

Son sourire illumine la nuit. Il a gardé son secret trop longtemps. Comme Luigi, qui décide à cet instant qu'il est temps, pour lui aussi, de cracher le morceau. Les cachotteries ont assez duré. Il lève sa pinte :

— Aux Zannino ! dit-il en prononçant le nom à l'italienne, Dzaniiino. Moi aussi j'ai quelque chose à te dire.

— J'ai été naturalisé français, papa, coupe Merlin. Mais je reste italien, j'ai la double nationalité.

— Drôle d'idée. Pourquoi ?

— Pour avoir le même passeport que ma fille et ne plus être un étranger.

Décidément c'est le week-end des mises au point. Luigi a envie de se dégourdir les jambes et de changer de crèmerie. Il règle leurs bières, puis tous deux longent l'eau sombre, tournent aux Garçons du Port, se retrouvent devant le Ty Beudeff, le mythique bar à marins. Ils entrent, commandent une dernière bière pour la route.

— J'ai un aveu à te faire, mon fils.

Merlin lève vers lui un regard inquiet.

— Si la tempête ne nous avait pas coincés sur cette île, j'aurais continué à me taire. Tu sais combien ta mère t'aimait ?

— Bien sûr.

— Je savais qu'elle allait se tuer, Merlin. Elle m'avait prévenu bien avant ta naissance.

— Quoi ?

Merlin vide son verre d'un trait. Luigi se traite d'imbécile, il aurait dû lui parler plus tôt.

— Elle m'a mis en garde deux fois : le jour où je l'ai ouvertement draguée, et quand je lui ai proposé de s'installer avec moi. J'ai passé nos premières années de vie commune à me réveiller en sursaut, chaque nuit, pour vérifier qu'elle respirait. Après ta naissance, j'ai baissé la garde.

— Je ne te crois pas ! Tu dis n'importe quoi, tu as trop bu.

Luigi soupire, termine sa troisième bière, désigne leurs verres vides au serveur.

Il ferme les yeux, repart loin en arrière, jusqu'au soir où, en plein tonus, il a entendu rire cette fille merveilleuse qui lui a peu après balancé dans les dents qu'elle mettrait fin à ses jours avant ses quarante ans.

— On était heureux, on n'en parlait jamais, je croyais que ça lui avait passé. Une lubie de jeunesse. Le matin de son anniversaire, j'ai joué au tennis comme chaque jeudi. Laurence m'a laissé une lettre, j'en connais chaque mot par cœur : « Tu savais. Tu étais d'accord. J'ai adoré chaque minute avec vous. Prends doublement soin de notre fils. Trouve une femme qui te méritera plus que moi. Je vous aime tellement. »

— Pourquoi tu ne me l'as jamais dit ?

— J'ai failli mille fois, mais ça aurait changé quoi ? Laurence avait choisi de ne jamais être plus vieille que sa mère. J'ai choisi de l'aimer. Elle a choisi de te donner la vie et t'a confié à moi. J'ai gardé précieusement sa lettre. Je te la donnerai.

Voilà. Il n'y a plus de zones d'ombre. Père et fils finissent leur quatrième bière. Cette soirée est comme un voyage en voiture où on se dévoile parce qu'on est assis côte à côte, hypnotisés par la route qui défile.

Merlin

Tout est dit. On se quitte. Mon père remonte à pied vers le bourg. J'ai laissé mon vélo devant l'office du tourisme sans mettre d'antivol ; il paraît que ce n'est pas nécessaire à Groix, sauf l'été, quand des indélicats les empruntent avant de les larguer dans un fossé.

Papa, sans se retourner, lève le bras en guise de point final à nos confidences. Ce qui s'est partagé dans l'île restera ici, nos secrets ne reprendront pas le bateau demain. Mon père savait, puis il a cru ma mère sauvée. Le jour où elle a accouché, à la seconde où on m'a mis dans ses bras, elle savait que je la pleurerais. Courage ou trahison ? Amour ou égoïsme ?

Au moment où je passe devant la gare maritime, quelque chose se détraque en moi. Je transpire, je tremble, je vois trouble, je suis épuisé, vidé. L'alcool bouffe le sucre, un diabétique ne doit pas se bourrer la gueule, encore moins à jeun, quand aucune nourriture dans l'estomac ne ralentit l'absorption de l'alcool par l'organisme.

Alors que j'essaye d'analyser mes symptômes, je me mets à avoir des palpitations, mon rythme cardiaque s'accélère et débloque.

Qu'est-ce qui cloche ? Mon diabète ou mon cœur ? Hypoglycémie ou fibrillation ? J'ai été externe en cardio, j'ai vu des tracés s'affoler sur le scope avant de devenir plats. Personne ne viendra à mon secours ici en pleine nuit. Je vais crever seul sur ce port idyllique. Je revois maman le jour de ses quarante ans, belle, pétillante, donnant le change. Courage ou trahison ? Amour ou égoïsme ?

Ma tension fait un bond, met le pied sur l'accélérateur de mon cœur qui fonce dans le mur.

Je ne veux pas mourir.

C'est trop bête, trop tôt, trop dommage, trop…

Charlie

Il a changé de bateau pour cette deuxième nuit à la belle étoile. Sa cheville a encore enflé. Pour tromper la douleur, il s'imagine dans la peau d'un marin, commence à sentir le rôle. Enfant, il aimait se déguiser, déclamer. Coincé entre un frère aîné que son père préférait et un frère cadet que sa mère couvait, il était l'hypersensible, le compliqué, le moins intéressant, sauf quand il se transformait en corsaire, en viking, en chirurgien, en aventurier, en savant fou.

Hier, il a glissé dans les bras de Morphée sur le pont d'un vieux gréement qui a sillonné les mers du globe. Ce soir, il a choisi un voilier de croisière moderne. Assis à l'avant, il contemple l'eau noire. Les cafés du port ont fermé, tout est tranquille. Éric roupille quelque part dans l'île. Fleur dort avec l'Autre, un type qui part bosser le matin et rentre sagement le soir, il doit avoir une clientèle de seniors à la vue qui baisse, le genre qui joue au golf et vise à côté de sa balle.

Comment Fleur peut-elle aimer quelqu'un qui voit la vie par le petit bout de la lorgnette ? Charlie a fait l'idiot, il s'est brûlé les ailes. Le visage du réalisateur qui l'a *blacklisté* partout se superpose à celui de l'homme qui lui vole Fleur et Éric. Ils fusionnent pour ne plus former qu'un seul ennemi à abattre. L'eau clapote contre la coque. Charlie imagine son poing écrasant le pif du type, il voit le sang gicler, son goût ferreux monte dans l'air. L'Autre s'écroule au ralenti, les os de son nez craquent et se brisent. Charlie a joué un urgentiste une fois, même pas un second rôle, juste une silhouette, mais il avait appris par cœur les répliques du comédien principal. Il se redresse, s'avance en boitant vers la proue du voilier, écarte les bras comme Leonardo di Caprio dans *Titanic*. Il est le prince du port, le roi du monde, le dernier humain sur ce bout de terre !

Non, pas le dernier.

Un cycliste pédale sur le quai obscur. Charlie se fige, inquiet, espérant que ce n'est pas le propriétaire du voilier qu'il squatte. Le cycliste a l'air d'en tenir une bonne, il a failli se payer les containers de poubelles enterrés. Le vent claque dans les haubans. Les vagues s'énervent. Mais soudain plus de vélo ni d'humain. Où est-il passé ? Il n'a pas pu disparaître comme ça, en une seconde, sans effets spéciaux.

Charlie fronce les sourcils, scrute l'obscurité. Il y a une caméra sur le port, il l'a tout de suite repérée. Si l'inconnu beurré s'est foutu à la baille, il faut le repêcher. Charlie descend sur la passerelle, clopine vers le quai. Il va sauver le cycliste, on lui donnera une médaille. Un rôle à sa hauteur. Son nom sera cité dans les journaux : « Un courageux et talentueux acteur de la série télé *Léoncie* sauve un marin sur un port breton. » Fleur et Éric seront fiers de lui. L'Autre ne tiendra pas la comparaison. Fleur divorcera et lui reviendra. On invitera Charlie au JT de France 3 Bretagne, puis sur TF1 et France 2. Un réalisateur de cinéma lui écrira un rôle sur mesure. Il montera les marches du festival de Cannes avec Fleur à son bras, ils débarqueront en gondole à la Mostra de Venise. Ce bonhomme qui n'a pas bu que de la pomme va lui sauver la vie !

Il atteint l'endroit où il l'a aperçu pour la dernière fois. Le cycliste est par terre, dans un enchevêtrement de bras, de jambes et de roues de vélo. Tellement ivre qu'il n'essaye même pas de se relever.

— Ça va, monsieur ? Vous m'entendez ?

Charlie voit le blanc de ses yeux ouverts dans la nuit. Le blessé reste immobile, croché au sol telle une arapède à son rocher.

— Monsieur, vous avez mal quelque part ?

Le blessé ne répond pas. Charlie ne pense plus au JT ni à sa belle gueule sur l'écran, il panique. Les bateaux se balancent en dressant leurs mâts dans la nuit comme des doigts d'honneur au destin.

— Au secours ! À l'aide ! crie-t-il.

Il dégage le vélo du corps inanimé, puis se penche sur l'homme à terre, à l'aise dans la peau du héros. L'inconnu lui devra la vie, sera son débiteur. Charlie le dévisage. Et là, il a un choc. Le sang se fige dans ses veines, ses poils se hérissent, une rage abyssale lui secoue la carcasse. C'est l'Autre, celui qui lui a piqué sa famille. Le type qu'il rêve de voir crever !

La webcam devant la gare maritime filme, témoin muet. Charlie, blême de colère, regarde Merlin. On n'est pas au cinéma, la première prise sera la bonne. Il a envie de balancer le corps à l'eau. La tentation est si grande qu'il en tremble. Il pourrait tourner le dos à la caméra, rouler l'homme inconscient jusqu'au bord, le faire basculer. Fleur se réveillerait veuve le lendemain de ses noces. Le désir d'elle rend Charlie dingue. Il se martèle la tête pour revenir à la raison. Lui qui se voyait en sauveteur adulé et fêté risque d'être accusé de meurtre : « Un obscur acteur de télévision noie le nouveau mari de son ex-femme. »

Non seulement l'Autre l'a dépouillé, mais en plus il va lui pourrir le reste de son existence ! Les forces décuplées par la fureur, Charlie balance un coup de poing à l'homme en pleine poitrine.

Dans son dos, une cavalcade succède à son geste. Deux plaisanciers seniors, un barbu et un moustachu, alertés par les cris, sont sortis de leur bateau pour lui prêter main-forte. Charlie se lève, terrifié, ils l'ont vu frapper son ennemi inconscient, ils vont le dénoncer, il ira en prison.

Le barbu s'agenouille, place le bout de ses doigts sous l'angle de la mâchoire de Merlin, cherche sa carotide, se redresse.

— Beau boulot ! Il est reparti.

— Reparti où ? balbutie Charlie, interloqué.

Le barbu hausse la voix :

— Ouvrez les yeux, monsieur ! ordonne-t-il.

Miracle, l'Autre bat des paupières. Charlie, pétrifié, nage en plein cauchemar, le barbu va sûrement le dénoncer.

— Vous pouvez me serrer la main, monsieur ? Serrez mes doigts !

Merlin presse les doigts du barbu et murmure :

— Qu'est-ce qui s'est passé ?

Il claque des dents. Le barbu explique au moustachu :

— La bonne vieille technique du coup de poing sternal ! On la pratiquait dans le temps pour relancer le cœur après un arrêt, on l'appelait « le choc électrique du pauvre », mais il y avait parfois des complications, et surtout aujourd'hui on a les défibrillateurs.

Il se tourne vers Charlie.

— Vous lui avez sauvé la vie. Bien joué ! Vous êtes médecin ?

— Seulement à la télé, bredouille Charlie.

Fleur

J'entre sans frapper, affolée. Merlin est allongé, perfusé, les électrodes sur sa poitrine sont reliées au scope sur lequel ondule son cœur, j'ai des bases, Éric est fan de séries télé médicales, j'en ai visionné des centaines avec lui. Je croyais mon mari en train de refaire le monde avec Luigi, j'étais heureuse de leur tête-à-tête fils-père. Le mien, séducteur impénitent, était sûrement en chasse. Nos deux ados veillaient l'un sur l'autre. J'étais tranquille, après les émotions d'hier.

Quand le téléphone a sonné – numéro inconnu – j'ai hésité à répondre, puis je m'y suis résolue à cause de l'heure tardive. C'était le médecin de garde à Groix cette nuit. J'ai pédalé comme une folle jusqu'au cabinet médical.

Le médecin est jeune, les cheveux hirsutes, pas rasé.

— Votre mari est un patient difficile, comme souvent les confrères, soupire-t-il. Il a eu un malaise, soit dû à son diabète, soit cardiaque, c'est compliqué de savoir après la bataille. Un homme lui a probablement sauvé la vie grâce à une vieille manœuvre.

Comme il est parti avant que j'arrive je ne peux pas l'interroger pour faire la part des choses.

Il a débité sa tirade d'une traite, sans reprendre son souffle. Merlin tente de se redresser mais le médecin l'en empêche.

— Ne bougez pas, docteur Zannino !

Une main géante froisse mes poumons et mon cœur, j'ai du mal à respirer. Le médecin s'en rend compte.

— Oh là, ça n'a pas l'air d'aller, asseyez-vous. Un seul patient me suffit.

Il me donne deux sucres à croquer.

— Si tu meurs avant moi, je te tue, dis-je à Merlin d'une voix sourde.

— Bon, vous reprenez des couleurs, madame, approuve le médecin. Docteur Zannino, si nous n'étions pas sur une île de nuit, je vous hospitaliserais. Selon votre état demain matin, nous verrons si je demande un hélico ou si vous traversez en bateau.

— Je serai en pleine forme, assure Merlin, un peu pâle.

Le médecin retourne dans sa chambre de garde. Je reste seule avec mon mari tout frais de la veille, allongé sur une table d'examen avec des fils partout.

— Je ne me rappelle rien. Enfin, si : j'ai pris une cuite avec mon père, on s'est dit des choses terriblement importantes.

— Graves ?

— On a tous les deux gardé un sale secret trop longtemps.

— Tu veux m'en parler ?

Le médecin a laissé une veilleuse allumée, la même que dans la chambre d'Éric quand il était petit. Merlin a des ecchymoses au visage, l'œil droit gonflé, conséquences de sa chute de vélo, et mal au milieu du torse à cause du coup de poing qui l'a sauvé.

— Tout le monde croit que notre couple avec Jeanne allait bien, mais c'est faux, commence-t-il.

Il inspire à fond.

— Jeanne prenait des cours de pilotage parce que son amant était moniteur. On était devenus de simples colocataires, elle allait me quitter, et quitter Coline aussi. Elle voulait faire place nette, peau neuve, plus d'enfant à la maison, seulement elle et son Jules. Je ne pouvais pas le dire à Coline, ça l'aurait écrasée.

Je reste silencieuse.

— J'ai cessé d'être en colère quand Newton t'a choisie. Parce que ce jour-là, j'ai compris Jeanne. On ne se force pas à aimer, ça vous tombe dessus et ça balaye tout, raison, convenances, engagements. Si je t'avais rencontrée quand j'étais marié avec elle, je l'aurais quittée pour toi.

Il s'appuie sur un coude pour me regarder. Le tracé de son cœur danse le zouk sur le scope.

— Rallonge-toi sinon ça va biper et ton confrère va revenir.

Il se recouche, frustré.

— J'en ai tellement voulu à Jeanne d'abandonner Coline. Son Cessna s'est crashé cinq minutes après avoir quitté la piste. Coline et le chat sont sortis des décombres assez vite. Moi j'ai mis des années à m'extraire de l'épave. J'ai définitivement réussi quand je t'ai vue débarquer, écumante, le chat dans tes bras. J'aurais dû te le dire.

Je recule ma chaise en lâchant sa main. Papa cachait ses frasques à maman. Charlie jurait qu'il ne buvait plus. Je hais les mensonges.

— Tu m'en veux ? demande Merlin.

— J'aurais préféré que tu me fasses suffisamment confiance pour me l'avouer plus tôt.

Nous nous sommes mariés hier, ça commence mal.

— C'était mon secret à moi, poursuit Merlin. Celui que m'a révélé mon père tient en une phrase inconcevable : ma mère avait décidé de ne pas dépasser quarante ans. Elle l'avait prévenu d'entrée de jeu. Elle a dormi, mangé, ri, aimé, alors que le décompte des années, mois, jours, heures qui lui restaient s'égrenait inexorablement. En tant qu'anesthésiste, elle savait quels produits utiliser. Elle est descendue à la cave pendant que j'emballais son cadeau d'anniversaire, elle s'est perfusée, elle a ouvert une bouteille de Château-Petrus prévue pour l'occasion, elle en a savouré la moitié puis elle s'est injectée ce qu'il fallait. Quand papa est rentré du tennis, il est allé dans son bureau, il a lu la lettre qu'elle lui avait laissée puis il s'est rué en bas. Lorsqu'il est remonté, il a commencé à me mentir.

Mon regard file vers l'écran sur lequel le tracé de son cœur gondole.

— Tu vois les ondes qui se reproduisent régulièrement ? On les appelle P, Q, R, S et T. La première, P, signe la contraction des oreillettes. Le complexe QRS traduit la contraction des ventricules, il disparaît si le cœur cesse de pomper, le tracé devient anarchique, un gribouillis d'enfant. C'est peut-être ce qui m'est arrivé… ou alors j'étais juste en hypoglycémie.

— Tu n'as pas vu celui qui t'a sauvé ? fais-je, me rappelant les paroles du docteur.

— Non. Mais tout se sait sur une île. J'espère pouvoir le remercier demain.

On se tait longtemps. Je me demande quel cadeau d'anniversaire le petit Merlin de l'époque avait prévu pour sa mère, et si quelqu'un a bu la fin du Château-Petrus.

— Laissons le passé où il est, Merlin. Tout peut s'arrêter n'importe quand. Je ne veux pas rater une seule minute de nous.

Site Internet de la Compagnie Océane de navigation

« L'alerte rouge est levée par Météo-France. Les conditions météorologiques ce lundi permettent de reprendre les liaisons maritimes entre Lorient et Groix. La desserte est de nouveau assurée aux horaires habituels. »

Prune

Le bateau passe de nouveau ce matin. Prune a mal dormi, les mots du grand-père de Fleur après leur valse l'ont perturbée. Ses parents organisent une fête dans un mois pour leurs soixante ans de mariage, tout le monde viendra, le ban et l'arrière-ban, tous sauf elle, la rebelle. Sa mère a vainement tenté de la convaincre au téléphone.

— Nous ne sommes pas éternels. Allez, Prune, je t'en prie ! Ton père ignore que je t'appelle, il serait si heureux de ta présence.

— Je ne peux pas.

Ils ignorent ce qui l'en empêche. Sa mère a raccroché, déçue. Puis son père a téléphoné quelques heures plus tard :

— Ta mère ne sait pas que je t'appelle, ça lui ferait tellement plaisir !

Elle a tenu bon.

Luigi la rencontre au bourg devant le manège, il s'éclaire en l'apercevant.

— On a testé les bières du port avec mon fils hier

soir, ça a failli mal se terminer, il a eu un malaise mais je viens de le voir et de parler avec le médecin de garde. Je suis un peu rassuré. Quel week-end ! L'ex-mari de ma belle-fille qui déboule au milieu de la messe, son beau-père qui s'étouffe, la tempête qui nous bloque, Merlin qui passe la nuit sous scope… Tu as dîné avec Pascal ?

— Pascal ? Non, pourquoi ?

— Je croyais.

— Tu as encore tes parents, Luigi ?

— Malheureusement non. Ils adoraient les îles Éoliennes, ils auraient aimé Groix.

— Les parents n'ont pas tous la même date de péremption, murmure Prune, citant Bon-Papa.

Soudain, ses dernières hésitations sont balayées.

— J'ai un coup de fil à donner, décide-t-elle.

— Je te laisse.

— Pas la peine, ce sera rapide et c'est un coup qui ne fera pas mal à ses destinataires.

Elle compose le numéro de téléphone qu'elle connaît par cœur parce qu'il n'a pas changé depuis son enfance. Son père répond, un peu essoufflé.

— J'écoute ?

Il ne dit pas allô, il écoute, il prête et donne l'oreille.

— Papa ?

À l'autre bout du fil, un silence, puis :

— C'est toi ?

— C'est bon de t'entendre, murmure-t-elle, la gorge nouée.

— Tu ne vas pas pleuvoir, ma fille ?

Il la cueille au bord du cœur et elle fond. Ils ont toujours eu un lien particulier. Quand elle était petite, son courage physique était étonnant pour une enfant, elle ne pleurait pas si elle tombait ou se blessait, même quand elle s'était cassé le bras, mais les injustices la vrillaient. Un SDF tendant la main dans le froid, une dispute dans la rue, un chien perdu, un chat écrasé, elle sanglotait.

— Je viendrai à votre anniversaire de mariage, dit Prune en tâchant de maîtriser son émotion.

— Ta mère va sauter de joie, dit son père d'une voix qui pleut en faisant des confitures.

Elle rempoche son portable, se tourne vers Luigi.

— Je me sens plus légère.

Alors qu'ils descendent la côte vers le port, Prune sent son téléphone vibrer dans sa poche. L'ouvre. Lit le message :

« Il est fou de joie. Tu as toujours été sa préférée. »

Elle secoue la tête et explique :

— C'est de ma sœur Diane. La fille parfaite flanquée d'un mari et d'enfants modèles, alors que je suis la lâcheuse qui se défile. Je viens de dire à mon père que j'irai à leur anniversaire. Il l'a aussitôt prévenue, croyant qu'elle s'en réjouirait. Il ignore qu'elle couchait avec Quentin le jour où Bleuenn nous a quittés.

— Ta sœur ?

— Ma quasi-jumelle.

Prune répond : « On n'est plus en maternelle. Aucune de nous deux n'épousera papa. »

Diane : « Je m'en fiche de plaire à papa. C'est trop

facile, tu disparais et puis hop, tu reviens et il est radieux. Tu arrêtes de nous snober, tu nous accordes un peu de ton temps si précieux ? »

Luigi remarque son sourire féroce quand elle répond : « C'est drôle, je n'avais jamais remarqué que "plaire" et "praire" étaient si proches. Tu sais les praires, ces mollusques qui empestent quand ils pourrissent, dont l'odeur s'accroche aux rideaux, au frigo, au canapé, aux murs, comme une infection ? Ils puent comme la trahison. Et ils m'ont vengée. »

Trois petits points dansent sur l'écran pendant que Diane écrit.

« C'était toi ? »

« Tu m'as volé mon homme. Je t'ai volé ta Bretagne. Ce n'était pas cher payé. »

Inutile d'épiloguer. Elle rempoche son téléphone. Le mari idéal de Diane ne saura rien, leurs parents non plus. Une autre famille est heureuse dans la gentilhommière du Finistère au bord de l'eau. Et la fête des soixante ans de mariage sera joyeuse.

Prune se perd dans la contemplation des vagues. Si elle les regarde assez longtemps, l'océan se trouble et elle revoit Bleuenn, en ce premier et dernier été si lumineux, si léger, si tranquille. À l'époque, elle croyait son couple et sa fille impérissables. Dans chacun de ses romans, depuis, un personnage se cache, qui pour elle représente Bleuenn si elle avait vécu. Prune la fait rire, vibrer, tomber amoureuse, mais elle ne meurt jamais, immortelle de papier. Ensuite elle se sent mieux. C'est sa façon d'écoper son cœur jusqu'à ce qu'il soit vide de larmes. Les médecins combattent la mort et perdent parfois, les romanciers ressuscitent qui ils veulent et gagnent à la fin.

— Peut-être que je te demanderai de m'accompagner chez mes parents, dit-elle à Luigi. Je t'ai sauvé de la femme en robe verte hier. Tu me dois une faveur.

— Peut-être que j'accepterai, dit Luigi.

Éric

Ils font la queue sur le port avant de prendre le bateau. Leurs billets étaient pour dimanche, il faut les changer. Éric a été missionné pour s'en charger, il attend son tour à la gare maritime derrière deux hommes plutôt âgés, un barbu et un moustachu, qui bavardent avec la dame du guichet.

— Vous avez entendu parler de ce qui s'est passé sur le quai cette nuit ? Un type qui en tenait une bonne a été sauvé par un passant. C'était du bon boulot.

Éric dresse l'oreille. Son beau-père va mieux ce matin et fera un bilan de santé aussitôt qu'ils seront rentrés à Rouen.

— Vous étiez là ? s'intéresse la dame du guichet.

— On rêvait sous les étoiles sur mon voilier. J'ai vu de loin ce type beurré qui zigzaguait à vélo. J'ai été médecin pendant trente ans, j'en ai soupé des patients, maintenant je suis à la retraite.

— Donc vous les laissez mourir ?

— Quand même pas, rigole le barbu. Mais je laisse mes confrères monter en première ligne.

— C'est ce qui est arrivé ?

— Non, c'est là que l'histoire prend tout son sel. Le poivrot à vélo louvoyait le long du quai, puis pouf il a disparu. J'ai supposé qu'il était en *jaille* et avait *cabané dans le benal* parce qu'il était en bordée. Je n'avais pas envie qu'il vomisse sur mes chaussures de pont toutes neuves.

Il regarde ses pieds.

— Elles m'ont coûté un bras. Un type qui avait assisté à la scène est venu à son secours, on l'a entendu crier à l'aide, alors j'y suis allé.

— C'était pas un poivrot ! proteste Éric en se mêlant à la conversation.

— Jeune homme, je sais reconnaître un ivrogne, crois-moi, il puait l'alcool.

— Moi aussi, je sais les reconnaître, insiste Éric. C'est mon beau-père, il boit peu parce qu'il est diabétique. Et il est docteur, comme vous.

— Ah, s'il est diabétique, ça change complètement la donne.

— Mon beau-père a sauvé le mari de ma grand-mère qui s'étouffait hier soir. Il a pratiqué la méthode de Heimlich, vous connaissez ? Moi aussi j'aimerais être médecin plus tard, ose Éric.

Le barbu espérait qu'un de ses enfants suivrait ses traces et reprendrait son cabinet, mais non, ils sont dans l'informatique et le e-commerce, ils passent leur temps devant des écrans.

— La médecine, mon garçon, c'est un roman policier. On a une victime, le malade. On a des indices, les symptômes. On débusque le méchant, la pathologie. Et tout le monde perd un jour la partie. Mais quand ? À quel âge ? Dans quelles conditions ?

Il sourit à la dame du guichet.

— Prenez chaque humain, son sexe, son poids, son travail, son stress, éventuellement la cigarette, la bibine, la bouffe, les voyages, la drogue. Mettez tout dans un shaker, secouez, rajoutez des glaçons, une ombrelle en papier, et servez frais.

— Un fameux cocktail, *Co*, remarque la Groisillonne âgée qui fait la queue derrière Éric. Mais le roulier va partir sans toi.

— Oh, pardon. Deux allers pour maintenant, et on revient par le dernier bateau. On a une avarie au moteur, on va chercher la pièce manquante.

La dame les sert, puis prend les billets périmés d'Éric.

— Au fait, dit Éric à l'intention du barbu, le passant l'a sauvé comment ?

— Il ne pouvait pas deviner pour le diabète. Il a cru que ton beau-père était en arrêt cardiaque. Il a utilisé une méthode : le coup de poing sternal. Je l'ai pratiquée quand j'étais interne au SAMU, maintenant on la déconseille, elle n'est même plus enseignée. Mais il y est allé de bon cœur et ça a fonctionné.

— Waouh, dingue, dit Éric, admiratif.

— Le boulanger ! s'écrie soudain le moustachu.

— De quoi tu parles ? s'étonne le barbu. Tu es obsédé par la bouffe.

— Je savais bien que la tête du sauveteur cette

nuit me rappelait quelque chose. J'ai trouvé ! C'est un acteur : il jouait le boulanger dans la série télé avec Tomer Sisley.

— Je vois très bien laquelle, se souvient le barbu. Mais tu te goures : c'était le fleuriste.

Éric, le souffle coupé, les dévisage.

— Le fleuriste ?

— Affirmatif !

— Vous vous trompez, proteste Éric d'une voix étranglée.

— Non, je t'assure, d'ailleurs il a été renversé par un camion, il est mort sur le coup. Tomer Sisley a essayé de le réanimer.

— Hein ? Ah, oui, dans la série !

— Évidemment, dans la série. Allez, bonne traversée.

Éric rassemble les billets que lui tend la dame du guichet, puis s'efface pour laisser passer la Groisillonne âgée.

— *Demat, comment que c'est ?* dit l'îlienne en guise de bonjour. Un « *je vas – je viens* » pour aujourd'hui, *Co.* Acteur ou pas, il a sauvé quelqu'un. Ce n'est pas donné à tout le monde. C'est un pièce d'homme !

— Un quoi ? demande Éric.

— Un pièce d'homme, *ur peh dén*. Quelqu'un de bien, *dam*.

Éric se sent envahi d'une joie profonde. Il est le fils d'un pièce d'homme. Billets en main, il court rejoindre sa famille. Il pense à Mathilde, à ses lèvres au goût de fraise, à ses cheveux qui sentent le shampooing à la menthe.

— Je sais qui a sauvé Merlin ! s'écrie-t-il. Vous ne devinerez jamais !

Bon-Papa

Il dodeline de la tête sur sa chaise roulante dans le salon du bateau. Les non-îliens agitent la main pour dire au revoir au caillou planté au milieu de l'océan. Les Groisillons bavardent ou lisent. Le roulier manœuvre, passe entre les balises d'entrée de Port-Tudy.

— C'était un beau mariage, affirme Anne.

— Quelqu'un s'est marié ?

— Fleur, ta petite-fille, avec Merlin, c'est pour eux que nous sommes tous venus.

— Qui êtes-vous ? demande Bon-Papa.

Anne soupire.

— Je suis Anne, la maman de Fleur. Accessoirement ta fille.

— La petite Fleur, je l'aime beaucoup.

Anne, crispée, sourit bravement.

— Regarde-moi. Souviens-toi. Tu me tenais par les mains et tu me faisais faire l'avion en tournant, tu m'as même déboité le coude. Tu me prenais sur tes épaules pour que j'accroche l'étoile au sommet de l'arbre de Noël, dans le salon. Un jour j'ai même glissé et cassé plein de boules.

Bon-Papa fronce les sourcils puis, brusquement, lui sourit :

— Bien sûr, je me rappelle ! Tu crois que je perds la tête, Anne ? Tu ressembles tellement à ta mère. Tu es aussi belle que mon Antoinette !

— Oh, papa, tu m'as manqué, souffle-t-elle.

— Pourquoi ? Tu étais partie en voyage ?

— Non, c'est toi, enfin… C'est toi qui étais parti, mais tu es revenu.

— Ah, oui ?

— Ça n'a aucune importance, répond Anne.

— J'ai toujours été très fier de toi, dit Bon-Papa. Fleur est de ta trempe, une chic fille, les chiens ne font pas des chats.

Les mariés s'approchent d'eux. Bon-Papa interpelle Merlin :

— Vous allez aimer ma petite-fille de toutes vos forces, n'est-ce pas ? La faire rire danser et chanter ?

— Elle chante faux mais oui, je vous le promets.

— Je ne chante pas faux ! proteste Fleur, outrée.

Bon-Papa remarque les ecchymoses et l'œil au beurre noir de Merlin.

— Vous vous êtes battu ? C'est vous qui avez gagné j'espère ?

— Je me suis engueulé avec mon vélo mais j'ai eu le dernier mot.

Le bateau corne en croisant son homologue qui effectue la rotation inverse. Un chien aboie. Bon-Papa ferme les yeux.

— Je suis fatigué, dit-il.

Anne retourne s'asseoir près d'Amable et pose la tête sur son épaule. Mue par une impulsion subite, Fleur retourne près de son grand-père et lui souffle :

— Merci, pour maman.

— C'est son cadeau de mariage en retard, grommelle Bon-Papa.

— Qu'est-ce que tu dis ?

— Laisse-moi dormir, mon petit pissenlit. Je suis fatigué.

Il fredonne une chanson des Beatles des années 1960 :

— La lala la la, ba bada bada…

All you need is love.

Il ne pardonnera jamais tout à fait à sa fille d'avoir épousé Amable. Sa colère est de l'amour déguisé. Drôle de façon d'aimer mais il n'a plus que ça en magasin.

Bon-Papa se dit que c'est son dernier mariage. Chaque année, il espère que c'est son dernier fichu anniversaire. La famille se croit obligée de le fêter alors qu'ils ne font qu'applaudir à sa déchéance. Il préfère les enterrements, il s'y rend comme les traiteurs vont aux buffets qu'ils n'ont pas préparés, pour examiner et comparer. Pour sa messe de funérailles, le général de Gaulle a voulu sa famille, les compagnons de la Libération, ses proches et les paroissiens de Colombey, mais pas le président Pompidou ni les ministres. Pour la sienne, Bon-Papa a prévu autre chose, c'est stipulé dans son testament.

— À quoi penses-tu ? lui demande Julien en haussant le ton.

— Ne crie pas, je ne suis pas sourd. Tu veux encore me soutirer de l'argent ?

— Si tu m'en offrais, je déchirerais le chèque. Tu m'as donné tellement plus que des euros. Ton cadeau vaut de l'or.

Bon-Papa lui lance un regard aiguisé.

— Je n'ai pas d'or.

— Tu es un grand-père en or.

— J'ai de l'argent à dépenser, et il me reste peu de temps pour m'amuser. Je ne souffre d'aucune maladie, je m'éteins comme une bougie. Ils sont réellement grandioses, les paysages là où tu vis ?

Julien ne trouve pas de mots assez forts, il ouvre les bras.

— Tu n'as pas idée.

— Si je viens, ton copain me préparera le fameux plat dont tu parlais ?

— L'omelette aux *whitebaits* ? Et comment ! Mais tu sais, c'est de l'autre côté du globe, à vingt-huit heures de vol.

— Je peux m'offrir ce voyage et l'offrir à Yvette. Les heures de vol ne me gênent pas, je dors toute la journée, alors ma chambre ou un avion, c'est pareil.

— Les cabines des avions de ligne sont pressurisées, ce n'est pas risqué pour ton cœur ?

— Il est solide, je vais mieux que ce vieux croûton que ta mère a épousé. J'ai juste les guibolles qui flageolent et une mémoire qui s'enfuit à l'occasion.

— Aujourd'hui tu sais qui je suis ?

— Un pilleur de vieillard ?

— Bon-Papa !

— Je te taquine, mon petit-fils. Je vais m'organiser avec Yvette pour venir vous rendre visite. Je ne veux pas mourir sans connaître les montagnes du *Seigneur des anneaux*.

— Tu as vu les films ? demande Julien, stupéfait.

— J'ai lu les livres à leur parution dans les années 1950. Je déteste Gandalf, il me fait penser au vieux mari de ta mère.

Julien sourit.

— Je serai heureux de te présenter Noah. Sa cuisine est une preuve de l'existence de Dieu. Maman va m'assassiner si tu viens. Mais tu vas peut-être tout oublier et me demander comment je m'appelle dans une demi-heure ?

— On parie ? rétorque Bon-Papa.

Coline

Elle est montée sur le pont supérieur et s'est assise tout à l'avant, juste sous le drapeau breton qui flotte. Son père, qui la cherchait, l'y rejoint.

— Qu'est-ce que tu fais là toute seule ?

— J'arrête le violon demain.

— Ah bon ?

Content d'échapper aux miaulements de l'instrument, il dissimule son soulagement.

— Le choix t'appartient.

— Ce n'est pas un choix, c'est la première phrase de mon livre ! Je l'ai écrite dans le carnet spécial écrivain que m'a donné Prune.

— Ton livre ?

Elle regarde son père avec une assurance nouvelle.

— Tu es déçu, tu voudrais que je sois médecin comme tout le monde dans la famille, mais je suis pas comme vous, et je suis nulle en maths. Je préfère inventer.

— Je ne suis pas déçu du tout ! proteste-t-il, décontenancé.

— Pour toi, médecin est le plus beau métier du monde.

— Tu te trompes. Être heureux est le plus beau projet du monde, Coline. Donc, nous avons un écrivain dans la famille ?

Coline rougit et pose la question qui la taraude depuis ce matin.

— Ton malaise cette nuit, c'était pas grave, hein ? Tu vas pas… enfin tu vois ?

— Je vais mourir comme tout le monde, mais pas aujourd'hui. Plutôt dans cinquante ans, quand tu en auras assez de me supporter. Je vais bien, rassure-toi, j'étais juste stressé et j'ai oublié de dîner. Alors, tu continues le violon, ou tu arrêtes ?

Elle sourit.

— Tu le sauras quand j'aurai fini mon premier roman.

Finalement il y a eu plus de peur que de mal. Sa belle-mère conduira la voiture pour rentrer à Rouen. Son père a une tronche de boxeur avec son visage tuméfié, il va être hospitalisé demain pour un check-up complet, le chef du service est un copain de fac, il sortira tout réparé.

Charlie

Il a aperçu de loin Fleur et ses invités dans la file des piétons qui embarquaient. Il a attendu qu'ils soient à bord pour monter sur le bateau en clopinant. Il s'est assis dans un coin, a mis ses Ray-Ban, et s'est plongé dans un bouquin qu'il a trouvé dans une boîte à livres devant la salle des fêtes.

Il est si concentré sur sa lecture qu'il n'entend pas qu'on l'apostrophe. Le barbu se plante devant lui.

— Mais c'est notre héros d'hier soir !

— Pardon ? fait Charlie en relevant la tête. Vous devez faire erreur.

— Pas du tout. Et je vous ai reconnu : vous êtes le fleuriste que Tomer Sisley a essayé de sauver.

— Foutez-moi la paix, grogne Charlie. Vous confondez avec quelqu'un d'autre. Et vous me pompez l'air.

Le barbu, étonné, recule en levant les mains comme si une arme le mettait en joue.

— Je n'insiste pas. Vous préférez voyager incognito, je respecte. Mais encore bravo, vous avez été super.

Le barbu revient à l'arrière, raconte à son acolyte moustachu :

— Je viens de retomber sur notre ami d'hier soir.

— Le boulanger ?

— Le fleuriste. Il est bizarre ce type, je voulais le féliciter, il m'a envoyé bouler. Ces acteurs ne savent pas ce qu'ils veulent.

Éric, assis dans la rangée derrière, se retourne d'un bloc :

— Vous l'avez vu où ? demande-t-il d'un ton pressant.

Le barbu tend le bras.

— Là-bas. Je te préviens, il est de mauvaise humeur, n'espère pas un autographe ou un de ces *selfies* que les jeunes affectionnent.

Éric débusque son père planqué derrière ses lunettes noires et se plante devant lui.

— T'es pas parti, alors que tu m'avais donné ta parole ? Tu m'as encore menti ?

— J'ai embarqué puis débarqué à la dernière minute. Ensuite, la tempête s'est levée, je suis resté coincé. Mais je n'ai gêné personne. La preuve, tu n'as plus entendu parler de moi.

— Faux !

Charlie dévisage son fils, interloqué. Il n'a plus l'air en colère comme au Triskell avant-hier.

— Pourquoi dis-tu ça ? J'ai tenu ma promesse de ne pas faire de vagues.

— Tu rigoles, papa ? Tu as sauvé Merlin cette nuit !

— Je ne l'avais pas reconnu, grimace Charlie.

— Tu t'es comporté en héros, et cette fois c'est vrai, ça ne sort pas d'un scénario !

— Ta mère le sait ?

— Évidemment. Elle et Merlin veulent te remercier.

— Il y a des limites à ce que je peux supporter. Ne leur dis surtout pas que je suis là. Alors tu n'es plus fâché contre moi ?

— Je suis hyper fier de toi, papa.

— Tu ne l'étais pas avant ? N'importe qui peut être médecin, il suffit de se taper dix ans d'études. Tout le monde ne peut pas devenir acteur, il faut du talent, argumente Charlie, piqué au vif.

— Euh… c'est pas forcément valable pour les figurants, dit doucement Éric.

— Quoi ? Je ne suis pas assez bien pour toi ?

Éric soutient son regard.

— On était heureux tous les trois, quand t'étais fleuriste.

Charlie lui entoure l'épaule de son bras et le serre gauchement contre lui.

— J'ai eu des rêves trop grands pour moi.

Éric hésite, puis se lance :

— Tu sais, je fais du théâtre, on joue *La Robe mauve de Valentine* de Françoise Sagan. Tu viendras me voir sur scène à la fin de l'année ?

— Je serai là, mon fils. Tu veux marcher sur mes traces ?

— Non, je veux devenir médecin.

— Comme le nouveau mari de ta mère ?

— Comme toi hier. Ça a rien à voir avec Merlin, ça date de bien avant, tu le saurais si t'étais resté avec nous.

Le bateau longe des silos sur bâbord, la traversée touche à sa fin.

— J'aimais arroser les plantes à Aux Fleurs de Fleur quand j'étais petit, avec mon arrosoir en plastique rouge, se rappelle Éric.

— Tu en foutais partout, tu prenais ton rôle au sérieux.

— Ce n'était pas un rôle, c'était ma mission. Je soignais les fleurs, elles redressaient la tête, elles vivaient plus longtemps grâce à moi.

— J'ai mis le temps, mais aujourd'hui je sais qu'être ton père est le plus beau de mes rôles, dit Charlie d'une voix rauque avant d'enchaîner pour se donner une contenance : Et comment va mon patient d'hier soir ?

— Il a passé la nuit dans le cabinet du docteur. Il entre à l'hosto demain.

Charlie commence à croire que ce n'était pas une si mauvaise idée de sauver l'Autre. La conviction d'être un héros aux yeux d'Éric le booste.

— Tu ferais mieux de rejoindre ta mère. À très vite, mon fils.

— Salut papa !

L'adolescent s'en va. Charlie se revoit le jour où il

a claqué la porte de l'appartement familial, persuadé de devenir un jour une star. Il se sentait étriqué avec eux, limité au trop banal rôle de père et de mari. Il ne s'est pas rendu compte qu'il emportait le sourire de sa femme et de son fils dans sa valise.

Débarquement

Le tablier du bateau se rabaisse. Les passagers marchent le long de la passerelle, les voitures roulent en file vers la rampe d'accès au parking. Pour les touristes, la traversée vers Lorient signe la fin des vacances ; pour les Groisillons, c'est comme prendre le bus. Les invités de la noce se rassemblent une dernière fois avant de s'éparpiller façon puzzle qu'on disloque en le rangeant dans sa boîte.

— Quel week-end !

— La tempête aurait pu durer plusieurs jours.

— Regardez comme la mer est calme aujourd'hui, c'est incroyable.

— On s'en souviendra, de ce mariage.

— J'ai adoré cette île, on reviendra.

Fleur s'approche de Prune.

— Merci de tout cœur d'être venue, dit-elle. Vous ne vous êtes pas trop ennuyée ?

Prune assure que non.

Pascal, sentant sa poche vibrer, sort son téléphone. Il reste figé, bouche ouverte, devant l'écran.

— Un problème, papa ? s'inquiète Julien.

Pascal le regarde, ahuri.

— Silvana est à la clinique. Elle a perdu les eaux. Notre fils va naître aujourd'hui !

Il embrasse Fleur, serre la main de Merlin, croise le regard de l'amie rousse de sa fille. Puis il s'approche pour saluer Bon-Papa.

— Au revoir Gaston. Je suis Pascal, le père de Fleur et Julien...

— Je ne suis pas sénile monsieur l'éditeur qui a le feu aux fesses ! J'espère ne pas te revoir de sitôt, la prochaine fois ce sera pour mon enterrement.

Pascal embrasse Prune, lui glisse :

— Le devoir m'appelle, Silvana va me trucider si j'arrive après le bébé. On se voit vite ? Entre deux biberons et deux couches, je passerai volontiers te voir au Gibet.

— Je suis très occupée.

Le temps de Prune le Fruit Défendu et de Pascal le Pari Gagnant est révolu. Il hausse les épaules, s'éloigne à grandes enjambées.

— Tu es venu en voiture ? demande une voix féminine dans son dos.

Il se retourne. Anne, qui s'est ingéniée à l'éviter tout le week-end, l'a rattrapé.

— Ne roule pas trop vite. C'est son premier enfant, tu as largement le temps de rejoindre Paris.

— Tu ne supportais pas de t'asseoir au même rang de l'église que moi ni à la même table, mais tu te préoccupes de ma santé ?

— Fleur vient de se marier, ne lui gâche pas son bonheur en te tuant.

— Donc tu te fiches que je m'enroule autour d'un platane ?

Anne acquiesce. Pascal lui décoche son sourire irrésistible.

— À la naissance de Fleur, je t'avais apporté à la clinique la plus grande girafe en peluche que j'avais pu trouver, elle mesurait deux mètres de haut.

— Et elle effrayait le bébé. Tu es arrivé en retard, j'ai accouché seule, en te traitant de tous les noms.

— Enterrons la hache de guerre, Anne. Notre fille est heureuse.

— Et ce n'est pas grâce à toi. Tu sais que l'associé de notre fils n'est pas seulement son associé ?

— Oui.

— Tu es au courant depuis quand ?

— Hier.

— Il fout sa vie en l'air.

— Non, il est tombé amoureux. De toute façon il n'a pas le choix.

— Évidemment qu'il a le choix. Comme tu as celui de ne pas sauter tes Lolitas.

— Je ne suis pas du bois dont on fait les bons maris, admet Pascal. Julien a aimé plusieurs femmes, puis il a eu le coup de foudre pour Noah. Il ne l'a pas fait exprès pour t'emmerder. Ils ne font de mal à personne en étant heureux ensemble.

— C'est ça ta morale ?

— Le jour de ma mort, j'espère que ceux que j'aime me tiendront la main, que chacun aura quelqu'un pour tenir la sienne, et que je n'aurai aucun regret. La voilà, ma morale ! Julien et Noah se sépareront dans un mois ou vieilliront ensemble. En France il était triste. Là-bas il est lumineux, comme Fleur maintenant. Nos enfants sont plus doués que nous pour le bonheur.

— Alors tu te fiches du qu'en dira-t-on ?

— Royalement !

— Très drôle. Ton fils est gay, Pascal. Il encourt la peine de mort dans certains pays, l'emprisonnement à vie, la lapidation.

— Notre fils a grandi en France et vit dans un pays ouvert et tolérant. Les temps ont changé, Anne. Détends-toi.

Elle soupire. Leurs années communes n'ont été qu'une longue suite d'angoisses alors qu'Amable la rassure.

— Ta bimbo t'attend, elle est en train d'accoucher dans la douleur et tu perds ton temps à bavarder avec moi.

— Je vais rouler à tombeau ouvert dans ma Ferrari rouge.

Anne écarquille les yeux.

— Tu as une Ferrari ?

— Tu veux que je vous ramène ? propose-t-il, certain qu'elle refusera.

Elle décline.

— Le train sera plus confortable. Et plus sûr.

Il veut l'embrasser mais vise mal parce qu'il voit son visage flou. Le baiser atterrit sur ses lèvres. Elle a toujours un goût de pain chaud. Ils se séparent tout de suite.

— Ta façon de me haïr est sexy, Anne. Tu n'as pas envie de tromper ton mari avec moi ?

Il devient grave.

— Si tu as besoin de moi pour cacher un cadavre ou cambrioler un méchant, je serai toujours là pour toi ; d'autant plus que ton mec ne doit pas être champion pour manier la pelle ou la pince-monseigneur. On se démène tous pour avoir l'air satisfaits de notre sort. On coche les bonnes cases : appartement, voiture, culture, enfants équilibrés, petits-enfants d'aplomb. Mais au fond, là où ça pulse, où on pleure, où on a peur du noir, où on a des monstres sous nos lits, on rêve encore de trouver la bonne personne. Celle ou celui qui sera le sel de la terre, le piment de la nuit, le soleil levant sur l'océan. Tu as été ma bonne personne autrefois.

— Tu n'es doué ni pour le bonheur ni pour la poésie, remarque Anne. Amable me fait moins rire que toi, mais lui ne m'a jamais fait pleurer. Il ne roule pas en Ferrari, il est solide, protecteur. C'est lui ma bonne personne.

Pascal comprend. Silvana est splendide, mais dès qu'il prendra sa retraite, elle le quittera avec leur fils.

— Bon retour. Je t'enverrai un faire-part de naissance.

— Je le déchirerai.

Anne marche vers Amable.

Pascal se sent immensément seul. Il se dirige vers

la Mercedes grise avec chauffeur qu'il a commandée pour le raccompagner à Paris. Il ne possède ni Ferrari ni Porsche, et son permis de conduire lui est désormais moins utile que sa loupe de lecture.

Charlie

Resté en arrière pour ne croiser personne, il se résout à débarquer. Son ex-femme et ses invités sont encore là, impossible de les éviter.

— Charlie ! Ohé ! appelle Fleur.

Il fait mine de ne pas entendre, tente vainement d'accélérer le pas. Pas simple avec sa cheville douloureuse.

— Hé ! L'homme aux plus belles roses de la planète !

Il s'immobilise. C'était un des gimmicks de la série qui l'a propulsé. Fleur se détache du groupe, s'approche. L'Autre reste en arrière.

— Merci pour hier, du fond du cœur.

Il reste muet.

— Sans toi…

Elle s'interrompt, submergée par les malentendus et les non-dits. À l'écart du groupe aussi bruyant qu'une volière, l'Autre le remercie d'un signe de tête.

— Mais tu boites ? Tu t'es blessé en sauvant Merlin ? s'inquiète-t-elle.

— Non, en répétant une cascade pour le prochain James Bond.

Bon-Papa

Il se remplit les yeux de l'océan, il aimait tant nager dans la Manche autrefois, à Hardelot, sur la Côte d'Opale, avec ses cousins. Ses parents s'y rendaient en villégiature chaque année, ils y retrouvaient les grandes familles qui y possédaient des maisons, les Mercier, les Tata. L'eau n'était jamais trop glaciale pour eux. Les filles n'avaient pas de bikini mais des maillots couvrants, il rêvait d'elles chaque nuit.

— Ça te fait quoi d'avoir un demi-frère qui pourrait être ton petit-fils ? demande Anne à Fleur.

— Rien. J'espère pour lui que papa s'en occupera plus que de nous.

— Moi aussi j'ai eu un père absent qui voyageait tout le temps pour son travail. Je regrette de vous avoir infligé cela à Julien et toi.

— Votre père était dans quelle branche ? demande Bon-Papa. Il est encore vivant ?

— Oui, répond Anne avec une lueur dans les yeux.

— Le mien est mort, et il me manque chaque jour, dit Bon-Papa sur le ton de la confidence.

Julien s'approche pour embrasser son grand-père.

— À bientôt, alors, lui dit-il.

— Je croyais que tu repartais à Christchurch ? s'étonne Anne.

— C'est le cas. Bon-Papa envisage de venir nous rendre visite le mois prochain.

Anne lève les yeux au ciel.

— Il est sénile et tu es fou. Il n'en est pas question.

— Je veux voir le pays des Hobbits, s'écrie le vieil homme avec enthousiasme.

— C'est absurde. Tu tiens à peine sur tes jambes, on ne te laissera même pas monter dans l'avion.

Elle est hors d'elle. Il demeure d'un calme olympien.

— Je suis maître de moi comme de l'univers, je le suis, je veux l'être, ce n'est pas moi qui le dit, c'est Corneille, et il avait raison ! clame Bon-Papa.

Anne a les yeux qui lui sortent de la tête. Amable pose la main sur son bras.

— Ne t'énerve pas, il aura oublié cette idée saugrenue demain.

Les yeux de Bon-Papa lui balancent des skuds.

— Vous, on ne vous a pas sonné.

Anne en bafouille d'énervement.

— Mais enfin, tu ne supporteras jamais un voyage si long, papa ! Je ne peux pas t'y accompagner !

— Yvette sera avec moi, je n'ai besoin de personne d'autre. Occupez-vous de votre vieux mari.

— Arrêtez de nous bassiner, intervient sèchement

Amable. Vous êtes jaloux et aigri. Vous devriez vous réjouir de notre bonheur, c'est ça, être père !

Un silence de plomb conclut sa tirade. Les deux nonagénaires s'affrontent du regard, corps usés, esprits en alerte.

— Je n'ai pas de leçons à recevoir d'un… d'un…

Bon-Papa en bégaye de rage.

— D'un gendre, termine Amable à sa place. Je suis votre gendre, que cela vous plaise ou non. J'ai voix au chapitre en tant qu'époux de votre fille qui se fera un sang d'encre si vous partez à l'autre bout de la planète.

Ils se défient, visages crispés, muscles tendus. Puis quelque chose vacille au fond des prunelles de Bon-Papa, son agressivité se brise contre la douce détermination d'Amable. Il se tourne vers sa fille.

— Mon Antoinette est partie là où on va après. Mes anciens camarades de guerre et mes meilleurs amis aussi. Dieu m'a oublié, ou bien il me punit. Que je meure chez moi, dans un Ehpad, au pays des Kiwis, ou en me tirant une balle dans la tête avec mon revolver d'ordonnance, quelle différence ? Laisse-moi choisir.

— Vous avez gardé votre revolver d'ordonnance ? Ce n'est pas raisonnable, s'inquiète Amable.

— Vous commencez sérieusement à me les briser ! rugit Bon-Papa.

— On se croirait à la maternelle, dit Anne, désespérée.

Bon-Papa la foudroie du regard. Il aime tant la faire bisquer, la mener jusqu'au point de rupture.

— Tu vas adorer la Nouvelle-Zélande, promet Julien, radieux. Et les *whitebaits*. Et Noah. Et les Sounds.

Le mot « Sounds » rappelle un bon souvenir au vieil homme.

— Antoinette fredonnait une chanson des années soixante : *The Sound of Silence.*

Il se tourne vers Prune qui les écoute et dont il cherche la musique personnelle depuis deux jours ; il l'avait sur le bout de la langue, il vient de la retrouver.

— Elle en chantait une autre qui vous va comme un gant : *On n'oublie rien*, de Jacques Brel, annonce-t-il, triomphant. La voilà, votre musique. J'ai lu la moitié de votre roman cette nuit, les deux premiers paquets de feuilles. Votre couple de héros me plaît. J'ai vécu soixante ans avec ma femme, on a eu des coups de gueule, des coups de cœur et des coups de mou, des disputes homériques et des fous rires formidables. Elle me manque tellement. Qu'est-ce que vous fabriquez seule dans votre tanière ?

— Il vaut mieux être seule que mal accompa…

— Foutaises ! Il vaut mieux être accompagné que mal seul.

— Je ne suis pas encore prête, dit Prune.

Prune

Elle a serré les dents en entendant Pascal annoncer l'accouchement de sa femme. Elle a réussi à le féliciter d'une voix normale. Pour Prune, Bleuenn cesse de respirer chaque fois qu'un enfant vient au monde. Le jour de la naissance de sa fille a été le plus beau de sa vie, avec celui de la publication de son premier roman. Les deux étaient issus d'elle, ce qu'elle accomplirait de mieux dans son existence. Un enfant. Un livre, que l'enfant lirait des années plus tard. Elle s'effaçait derrière eux, les portait en pleine lumière.

Quentin a été aux petits soins pendant sa grossesse. Pour lui qui n'avait pas connu ses parents, c'était poignant de voir avec quel amour Prune attendait leur fille. Il s'inquiétait : « Et si tu ne l'aimes pas ? » « Et si tu m'aimes moins qu'elle ? » « Et si elle t'aime toi et pas moi ? »

Elle avait perdu les eaux pendant un dîner chez des amis. Quentin avait failli emplafonner plusieurs voitures sur le chemin de la maternité. Il était demeuré auprès d'elle jusqu'à bout, désireux d'être un père présent dès la seconde où son enfant respirerait. Bleuenn était née à l'heure où la nuit devient bleue, ils pensaient qu'elle allait éclairer leur amour.

Luigi

Il a félicité Pascal en se rappelant le jour de la naissance de Merlin. Laurence et lui habitaient Paris à l'époque. Il était de garde à l'hôpital Saint-Louis quand elle l'avait appelé au petit jour pour le prévenir que leur bébé s'annonçait en avance. Luigi l'avait rejointe à la maternité de Saint-Vincent-de-Paul. Il avait traversé la Seine en moto, s'était arrêté quelques secondes sur le pont de la Concorde, entre le quai des Tuileries et le quai d'Orsay, pour voir se lever le premier jour de leur fils. Le Palais-Bourbon devant, l'obélisque derrière, le ruban du fleuve de chaque côté, il avait embrassé du regard la ville foisonnante d'espoir. Soulevant la visière de son casque, il avait crié : « Hourrah ! »

En donnant la vie, Laurence tournait enfin le dos à sa mort programmée. L'amour l'emportait, l'enchantement brisait la malédiction. Là, sur ce pont, Luigi avait trouvé le prénom de leur fils : *Il mago Merlino*, Merlin l'enchanteur, celui grâce auquel Arthur arrache Excalibur du rocher. La veille encore, ils voulaient l'appeler Lorenzo – masculin de Laurence – mais sur ce pont en pierre de taille provenant de la démolition de la Bastille, dans cette lumière, Merlin s'imposait.

Laurence avait approuvé. Merlin Lorenzo Zannino était né quelques heures plus tard. Depuis, chaque fois qu'il revient à Paris, Luigi fait un détour par la Concorde et s'accoude au parapet du pont pour contempler le fleuve.

Prune est venue de Paris en train. Luigi est venu de Tours à moto.

— Je te dépose à la gare ?

— C'est à dix minutes à pied, je vais marcher, ça me fera du bien.

— Tu as peur ? Je suis prudent, tu peux avoir confiance.

— J'ai du mal avec la confiance. De toute façon tu n'as qu'un casque.

Il hoche la tête, sourit, rabat sa visière, puis met les gaz et disparaît au bout de la rue. Prune, son sac à l'épaule, marche d'un pas décidé à travers Lorient. La ville a plus changé que l'île, des immeubles se sont construits. Elle cherche sur le Net la musique que Bon-Papa lui a attribuée, l'écoute chantée par Juliette Gréco : « Ni tous ces ports, ni tous ces bars / Ni tous ces attrape-cafards / Où l'on attend le matin gris / Au cinéma de son whisky… » Elle est si absorbée qu'en arrivant devant la nouvelle gare TGV en bois et verre, elle ne voit pas le motard qui l'attend assis sur sa machine. Luigi lui tend le casque rouge qu'il vient d'acheter.

— Je te ramène à Paris ?

Elle pense à la Seine devant ses fenêtres, à MP qui l'attend, à sa sérénité solitaire gagnée de haute lutte. L'amour ne fait plus partie de son quotidien, trop dangereux, trop risqué. Elle le garde pour ses personnages.

— Je ne sais pas vivre dans un monde sans Bleuenn, avoue-t-elle. Je préfère me cacher dans mes livres ou sur les réseaux sociaux, loin de Groix, de ma famille et de mes amis d'avant.

— Je comprends. J'ai mis du temps à remonter de la cave où Laurence a choisi de s'éclipser. Mon travail et mes responsabilités de père, puis de grand-père, m'ont sauvé. J'avais encore un orteil dans cette foutue cave en prenant le bateau pour Groix samedi matin. Plus maintenant.

Il ôte son casque. Il a les cheveux hérissés sur la tête, l'air d'un môme.

— Prune, tu as envoyé bouler mes certitudes. Je n'attendais rien, je ne t'espérais pas. Je comptais travailler encore deux ans. Cette nuit, après avoir lu ton roman, j'ai décidé de prendre ma retraite. Mon remplaçant au cabinet rêve de racheter mes parts, à l'hosto ils se bousculent au portillon pour récupérer mes vacations. Même si tu prends le train et que je reste là comme un con avec ce casque inutile, je sais que tu existes.

Il plonge la main dans la poche de son Barbour huilé qui le protège du froid en moto, sort le paquet qu'il a récupéré chez les artisans verriers hier soir.

Elle le déballe, le manipule avec délicatesse, admire la création poétique et visionnaire.

— Si ce qui m'arrive t'arrive aussi, on n'a pas une seconde à perdre, dit Luigi. Je vais fermer les yeux et compter jusqu'à 10. Tu as le choix : train ou moto, sans moi ou avec moi, on repart chacun de son côté ou on écrit la suite ensemble à l'encre d'océan. C'est parti : 1… 2…

Il renverse la tête en arrière, les yeux clos. Prune déglutit avec difficulté, la respiration haletante. Elle regarde sa montre. Son train part dans une demi-heure.

— 3… 4…

De l'autre côté de la rue, une jeune maman passe en poussant un landau et Prune est catapultée dix-huit ans en arrière. Enfourcher la moto, se permettre d'être heureuse, est-ce trahir sa fille ? La tentation de la joie lui met le feu aux joues.

— 5… 6…, énumère calmement Luigi.

Elle se tourne vers la gare, suit du regard les rails qui filent vers Paris.

— 7…

Elle s'écarte, s'arrache à la douceur, s'interdit la félicité.

Pas coupable, mais responsable, mérite-t-elle la paix ?

— 8…, prononce Luigi avec la confiance de celui qui aime.

Elle va se punir, se rependre au Gibet, se balancer au bout de la corde qui la relie au malheur.

— 9…

Un jeune couple s'arrête devant la gare. L'un part, l'autre reste. Ils s'étreignent, se font bouée, corps-mort, ancre et amarre. La tempête peut souffler, ces deux-là naviguent ensemble. Prune suit son instinct, saisit le casque rouge posé sur la selle et s'en coiffe. Elle ne veut plus d'attrape-cafards ni de matin gris. L'amour, ça vous transmute, ça transforme le plomb des jours en or.

— 10 !

Luigi ouvre les yeux. Prune se tient devant lui, casquée. Impossible de l'embrasser.

— On n'est pas dans un roman mais dans la vraie vie, dit-elle. Je veux danser les quarts d'heure américains et les valses viennoises avec toi, et écrire la suite au stylo de verre.

Il y a cela, après, quand ils ne font plus qu'un, quittent Lorient, tracent vers Rennes, empruntent la rocade, filent sur l'autoroute en direction de Paris. Au début, elle se retient au porte-bagage, mais bientôt elle se colle contre lui. Ils font corps comme dans la crique près de La Maison amande. Ils deviennent un unique centaure fonçant avec sagesse force et beauté vers une vie nouvelle.

Ils atteignent la capitale, vibrants, exténués, après s'être arrêtés pour prendre de l'essence et boire de stimulants cafés.

— Je dois faire un détour pour dire au revoir à quelqu'un.

Prune ne demande pas pourquoi au revoir et pas bonjour. Luigi arrête sa moto entre le quai d'Orsay et le quai des Tuileries, sur le pont de la Concorde. Il retire ses gants de cuir, se penche au-dessus du fleuve devant l'Assemblée nationale, tourne le dos à Prune, laisse tomber son alliance dans l'eau. Une paix insensée lui monte à la gorge et lui coupe le souffle.

— On peut y aller maintenant.

La moto roule. Prune a dans la tête la chanson de Calogero : « Face à la mer, j'aurais pu grandir / Face contre terre, j'aurais pu mourir / Je me relève / Je prends mon dernier rêve. » Elle sent qu'être avec Luigi la mènera quelque part, là où les mamans dansent, où les enfants respirent, où les couples s'étreignent, où les sentiers côtiers des îles ne sont pas pavés de larmes mais piquetés de mûres. Pour la première fois depuis le drame à la pointe des Chats, elle s'autorise à être légère. Elle se permet la gaieté. Et si elle changeait le nom de sa maison ? En enlevant une lettre, le Gibet deviendra le Gîte. Prune et son stylo de verre vont jeter l'encre.

La moto s'arrête devant l'ancien gibet seigneurial. Le westie, qui l'a entendue, se précipite dès que Prune met la clef dans la serrure. Il pile net aux pieds de Luigi. Il penche la tête à droite puis à gauche, oreilles dressées, en le jaugeant, le fixe de ses yeux noirs en boutons de bottine, fait plusieurs fois le tour du jardin ventre à terre, avant de sauter, tout guilleret, sur le canapé de cuir.

Comme Merlin et Fleur, Luigi est adoubé.

Ce soir, en promenant MP le long des berges de la Seine que Monet, Pissaro, Sisley et Renoir ont immortalisés, Prune abandonnera la clef de La Maison amande sur un banc. Quelqu'un la prendra, qui y trouvera du sens.

Fleur & Merlin

Elle conduit, sereine, pas encore habituée à l'anneau d'or qui se détache sur le cuir noir du volant. Merlin voulait la relayer mais elle a refusé, pas avant l'aval du cardiologue. Éric, à l'arrière, envoie des smileys à Mathilde. Coline griffonne dans le carnet fétiche spécial écrivain.

— Nico m'a fait de la peine, quand il s'est garé devant Éva, lui a ouvert la portière, et qu'elle a répondu qu'elle prenait le train, souffle Merlin.

— Il ne s'y attendait pas.

— Moi non plus je ne m'attendais pas à toi, dit son mari frais de l'avant-veille. Finalement tout s'est bien passé, on a survécu à ce mariage…

Elle le regarde, amusée.

— Tu te rappelles quand tu m'as proposé d'échanger nos appartements. Tu dis parfois des énormités.

— Ç'aurait pu être une solution.

Ils rient en pensant à la tête de la Pouacre le jour où ils ont déménagé pour s'installer tous les quatre dans un appartement plus grand. Merlin espère que le nouveau locataire est pianiste de jazz.

« Ouest-France », pages de Groix

« Un drame évité de justesse sur le caillou.
Dimanche soir, un Normand de 40 ans, qui venait de se marier la veille à l'église du bourg, a fait un grave malaise sur le quai de Port-Tudy.
Il doit la vie à l'intervention d'un courageux sauveteur qui n'est autre que l'ex-mari de sa femme.
Ce dernier avait joué le rôle du fleuriste dans la série télévisée *Léoncie.*
Nous souhaitons aux jeunes mariés bonheur et santé, et qui sait, nous retrouverons peut-être bientôt le talentueux secouriste sur nos écrans. »

« Le Télégramme », pages de Groix

« Un touriste quadragénaire, originaire de Rouen, venu se marier sur l'île samedi, a été victime dimanche soir d'un grave malaise sur le port.
Il a été sauvé par le premier mari de sa femme, acteur du petit écran.
Les mariés et le bon samaritain ont quitté l'île sains et saufs. »

« Le Figaro », rubrique naissances

Pascal et Silvana Barrège
ont la joie de vous annoncer la naissance de leur fils

João

à Paris, France.

La dame du carnet du jour a fait remarquer aux heureux parents :

— Tout le monde sait que Paris est en France.

Silvana l'a détrompée :

— Pour ma famille et mes amis au Brésil, il y a une vingtaine de Paris à travers le monde. Le vôtre n'est qu'un parmi tant d'autres.

(Deux mois plus tard)

La Comtesse Amable de Vone, sa fille,
Madame Merlin Zannino, sa petite-fille,
Monsieur Julien Barrège, son petit-fils,
Monsieur Éric Nouard, son arrière-petit-fils,
et Madame Yvette Diabé,
ont la profonde tristesse de vous faire part du décès de

MONSIEUR GASTON CARVILLE,
chevalier de la Légion d'honneur,

survenu à Christchurch, Nouvelle-Zélande,
dans sa quatre-vingt-seizième année.

La cérémonie religieuse aura lieu en l'église
Notre-Dame-de-Grâce de Passy à onze heures.

Conformément aux souhaits du défunt,
aucun homme, sauf le célébrant, n'assistera à la messe.
Les messieurs se rassembleront à La Gare,
chaussée de la Muette,
les dames les rejoindront ensuite.

Dress code : vêtement ou accessoire rouge,
merci de respecter ce vœu.

Anne a respecté scrupuleusement les dernières volontés de son père. Ce dernier pied de nez aux conventions lui ressemble. Qu'ils se débrouillent tous, Amable, Pascal, Julien, Merlin et même Éric. Aujourd'hui, un seul homme, qui lui manque déjà, occupe ses pensées.

L'église est remplie de femmes vêtues de différentes nuances de rouge : amarante, bordeaux, cerise, fraise, grenat, ocre, pourpre, bourgogne, coquelicot, tomate. L'orgue joue le *Concerto pour hautbois et cordes* de Marcello. Fleur, en veste vermillon, s'avance vers le pupitre avec à la main le texte qu'elle a rédigé la nuit dernière. Elle prie pour réussir à tout lire sans s'effondrer :

— Notre grand-père, que mon frère et moi appelions Bon-Papa, était une belle personne, un homme valeureux et magnifique. Beaucoup d'entre vous l'ont vu récemment à mon mariage sur l'île de Groix. Il avait la langue bien pendue, le pied marin, des rêves et des blagues plein sa musette. C'était un héros de guerre, un résistant de la première heure, officier de marine, un type qui ne supportait pas la tiédeur. Il pouvait être brûlant, glacial, cassant, formidable. Il nous a transmis son amour de la vie et son goût du risque. Il était né à la fin des années 1920, sur un paquebot transatlantique, sa vie a commencé comme un film. Il est mort sur la passerelle d'un avion long-courrier, elle finit comme un roman.

Gaston Carville était un preux chevalier de la Légion d'honneur. On pouvait compter sur lui pour fustiger les injustices, surprendre, contrecarrer. Il m'a appris à jouer à la crapette et aux petits chevaux, à tricher avec élégance, à perdre avec panache, à crier victoire en dansant. C'était un type extra, comme il disait à propos de ses camarades de guerre. Un type extra et jamais ordinaire. Pour lui, toutes les femmes étaient belles, chacune avait sa musique personnelle. Merci à vous toutes d'avoir joué le jeu du rouge, il y tenait. Ne soyons pas tristes : on a eu l'immense chance de le connaître et de naviguer bord à bord avec lui.

Elle replie sa feuille, retourne à sa place. Yvette se lève, s'avance vers le cercueil, superbe dans son boubou rouge cramoisi. Il y a une seconde de flottement dans l'église :

— Qu'est-ce qu'elle fait ?

— C'est prévu ?

Yvette se plante à la tête du cercueil comme un arbre dans la ville. Elle courbe son corps élancé jusqu'à toucher le bois du nez et du front. Elle reste un moment dans cette position, puis se redresse. Sa voix retentit, claire, vibrante, monte vers les cintres et les vitraux :

— En Nouvelle-Zélande, monsieur Gaston a découvert le *hongi*, le salut traditionnel maori. Les Maoris se disent bonjour en pressant le nez et le front contre ceux de l'autre, pour échanger et mêler le *ha*, leur souffle de vie, et que leurs âmes se rencontrent.

Elle revient s'asseoir.

Le père Denis contemple l'étonnante assemblée de femmes en rouge. Le défunt, probablement un brave pépé, semblait très aimé. C'est tout de même curieux de refuser les hommes – y compris son petit-fils et son arrière-petit-fils – à la messe.

— Savez-vous pourquoi il a formulé une telle requête ? a-t-il demandé à Anne.

— Ce vœu est très ancien. Il avait été choqué, à l'enterrement de ma mère, que les hommes bavardent à l'église tandis que les femmes étaient recueillies. Il m'avait dit en sortant : « Le jour où je la rejoindrai, je ne veux que des femmes. » J'ai cru à une boutade mais il était sérieux. Il a laissé une lettre extrêmement précise à ce sujet.

— Le rouge était sa couleur favorite ?

— Celle de ma mère.

Le père Denis a hésité pour sa tenue d'officiant. Aux enterrements, les prêtres portent du violet, du blanc ou du noir. Il est en violet avec un tee-shirt rouge sous son vêtement liturgique. Personne ne le saura, sauf Dieu et le défunt. C'est un tee-shirt du club de foot de la paroisse qu'on lui a offert à la dernière vente de charité.

L'orgue joue maintenant, dans sa version classique, un air de variété demandé par la famille. Une femme en pull marin rouge avec des boutons laqués noirs aux épaules se met à tousser, le prêtre la reconnaît, il l'a vue à la télévision dans une émission littéraire. Aux enterrements, mariages, baptêmes et communions, il y a toujours quelqu'un qui s'étrangle, qui a le hoquet, ou fait un malaise vagal. Il la fixe avec compassion. La femme croise son regard, s'y arcboute, se calme.

Le père Denis a une mémoire infaillible, il chante le dernier couplet dans sa tête : « Ni même ce temps où j'aurais fait / Mille chansons de mes regrets / Ni même ce temps où mes souvenirs / Prendront mes rides pour un sourire / Ni ce grand lit où mes remords / Ont rendez-vous avec la mort / Ni ce grand lit que je souhaite / À certains jours comme une fête. »

Il sourit à la femme en pull marin rouge, voit ses lèvres bouger pendant le refrain : « On n'oublie rien de rien / On n'oublie rien du tout / On n'oublie rien de rien / On s'habitue, c'est tout. »

Dans l'église, on se recueille et chacun prie à sa façon.

Fleur : « Bon-Papa, tu as rejoint Bonne-Maman… lequel flanque une pilée à l'autre au Scrabble ? »

Anne : « Mon Dieu, merci pour ce moment de grâce sur le bateau du retour, quand mon père m'a reconnue et m'a dit qu'il était fier de moi. »

Coline : « Et voilà, je l'ai pas gardé longtemps mon nouvel arrière-grand-père. C'est le second enterrement de ma vie, le premier c'était celui de maman… »

Prune : « Merci pour cette valse, Bon-Papa. Vous

avez raison, il vaut mieux être bien accompagné que mal seul.

Merlin m'a raconté la genèse des tests d'acuité visuelle, avec les lettres de plus en plus petites. Leur concepteur, Ferdinand Monoyer, y a glissé son nom. Si on lit, de bas en haut, la première lettre de chaque ligne, on trouve Monoyer. Si on lit, de bas en haut, la dernière lettre de chaque ligne, on trouve Ferdinand. Si vous les aviez inventés vous, je parie qu'on lirait Antoinette Carville. »

Le père Denis : « Seigneur, donne à l'âme de ton serviteur défunt Gaston le repos éternel, dans un lieu lumineux avec un décor rouge. Amen. »

Avant la cérémonie, comme d'habitude, le père Denis a examiné la photo du défunt sur le livret de messe pour s'imprégner de sa personnalité. Généralement la famille choisit un portrait où l'ancêtre sourit poliment au photographe, version senior de la photo de classe d'autrefois. Sur celle-ci, qui date de quinze jours, Gaston Carville, assis à l'arrière d'un bateau, un plaid écossais sur les genoux, rit aux éclats, les yeux pétillants de malice et d'intelligence.

Après la messe

Le restaurant bruisse des conversations de mâles en tenues sombres, avec écharpe, pochette, casquette, pantalon, veste, chaussettes ou chaussures rouges. Maître Kiner, le notaire de la famille, a confirmé que les consommations seront réglées par son étude et portées au débit de la succession.

— Ton grand-père n'aurait jamais dû faire un voyage pareil, c'était trop fatigant ! reprochent les oncles, cousins ou amis à Julien vêtu d'une redingote vintage bordeaux.

— Il a passé un mois splendide à faire du bateau, déguster les sauvignons, les pinots noirs et les chardonnays néo-zélandais. Il n'avait pas envie de rentrer. Il a fait un infarctus au moment où ils ont roulé son fauteuil dans l'avion, ça ne s'invente pas. Il venait de me dire : « Quel voyage épatant, on reviendra l'année prochaine ! » Bon-Papa est mort heureux, vous pouvez me croire.

Le niveau sonore est aussi élevé que l'alcoolémie des messieurs quand les dames les rejoignent à l'issue de la messe. Anne retrouve son Amable, casquetté de tweed rouge. Merlin, en col roulé rouge, serre Fleur contre lui. Coline, qui a emprunté une veste rouge à Fleur, raconte à Éric, chaussé de baskets rouges, et à Charlie, une rose rouge à la boutonnière, le concept du baiser maori. Julien apporte une coupe de champagne à sa mère et une à Yvette. Noah voulait l'accompagner mais ils avaient trop de réservations à honorer.

Julien frappe dans ses mains afin d'attirer l'attention, s'éclaircit la gorge :

— Mon grand-père adorait le Scrabble. Il y jouait tous les jours avec ma grand-mère. La partie pouvait durer une semaine ou plus s'il voyageait pour son travail, parfois il ne mettait qu'un seul mot le matin. Il a continué avec Yvette. Ces derniers temps, ils ont joué avec nous au pays des Kiwis. En trois langues : français, anglais, maori. Il a été intrigué par les deux différentes manières qu'ont les Maoris de se dire au revoir : « au revoir à celui qui reste », c'est *e noho ra* ; mais « au revoir à celui qui part », c'est *haere ra*. Alors, *haere ra*, Bon-Papa. Ça te fait dix points, et te connaissant tu as surement réussi à le caser sur un mot compte triple, donc trente points. Bravo !

Les applaudissements crépitent. Luigi, une écharpe rouge autour du cou façon Fellini, discute avec Pascal, transformé en papa kangourou avec un porte-bébé ventral à carreaux rouges. Silvana, en robe semée de coquelicots, juchée sur des stilettos à semelle rouge, l'accompagne.

Prune, dans son pull marin rouge, fend la foule pour les rejoindre.

— Mon ex-beau-père pouvait être infernal mais c'était un seigneur, dit Pascal. Il savait que sa mort nous réunirait tous. Vous ne connaissez pas ma femme Silvana. Et voici notre fils João.

Luigi ressent dans sa propre chair le chagrin qui envahit Prune à la vue du bébé qui dort, serein, contre son père. Il l'enlace et la maintient contre lui pour lui transmettre sa force. Pascal comprend tout de suite.

— Oh ? Vous deux ? Vraiment ?

Il examine Prune, puis un sourire se dessine sur ses lèvres.

— Je reconnais cette ride verticale entre tes yeux, synonyme de siestes crapuleuses ou de nuits amoureuses. Vous n'avez pas beaucoup dormi. Moi non plus, mais pas pour la même raison. Tu es heureuse ? vérifie-t-il à voix basse.

Elle acquiesce gravement.

— Quand la joie repasse les plats il faut se resservir, dit-elle. C'est encore meilleur réchauffé, comme le *tchumpôt* à Groix.

Elle se penche sur le bébé endormi.

— João, je vais te confier deux secrets : l'exactitude est la politesse des rois… et le bonheur est la politesse des vivants.

Elle regarde Luigi.

— On peut y aller, maintenant.

— Tu rentres écrire au Gibet ? demande Pascal.
— J'ai déménagé. Nous vivons au Gîte à présent.

Fleur et Merlin s'approchent avec Julien, remercient Prune d'être là.

— J'ai remarqué la façon dont vous regardez vos interlocuteurs, dit Merlin à Pascal. Vous avez consulté un ophtalmo récemment ?

— DMLA, fait Pascal, laconique.

— Qu'est-ce que ça veut dire ? demande Silvana.

— DMLA est l'acronyme de « on Doit Maintenir L'Allégresse », chérie.

— Buvons à la mémoire de Bon-Papa, lance Merlin venant à sa rescousse.

Une forêt de verres monte vers le ciel.

— Mon grand-père me manquera, mais quelle belle sortie de scène, dit Fleur. Il a vécu un dernier mois magnifique grâce à Julien et Noah. À son retour de Groix, après notre mariage, il a pris rendez-vous avec maître Kiner et modifié son testament. Il a transformé les contrats d'assurance vie qu'il nous destinait en *vouchers* pour la Nouvelle-Zélande. Il a tout organisé avec un voyagiste, choisi des périples personnalisés avec en apothéose Picton et les Marlborough Sounds. Ce cadeau vaut pour Merlin, Éric, Coline et moi, mais aussi pour vous, Prune, avec un accompagnant de votre choix. Maître Kiner vous contactera bientôt.

Prune n'en revient pas. Elle remercie mentalement son cavalier du *Beau Danube bleu*.

— Maman et Amable, privilège de l'âge, voyageront en business, ajoute Julien. Ils boiront du champagne en plein ciel et rencontreront Noah pour les cendres.

— Quelles cendres ?

— Bon-Papa veut être dispersé dans les Sounds depuis notre bateau. Il a tout prévu. Les cendres d'un adulte après crémation pèsent un peu plus de trois kilos. Il refuse de voyager en soute. On a droit à 350 ml de poudre par personne en bagage cabine, l'équivalent d'une canette. Donc on va le partager en dix, et l'éparpiller chacun à notre tour avant un repas mémorable à bord dont il a choisi le menu.

— Le compte y est, précise Fleur. Nous deux et les enfants : quatre ; maman et Amable : six. Julien : sept. Yvette : huit, Prune et qui elle voudra : dix.

— Ce sera le premier voyage de mon passeport français, dit Merlin.

— À vingt ans on court le monde sac au dos, à quatre-vingt-quinze ans on tient dans dix canettes. Je regrette ma jeunesse, soupire Pascal.

Prune secoue la tête.

— Pas d'accord. Le bon temps, c'est chaque minute.

— Tu ne préférerais pas avoir à nouveau vingt ans ?

— J'aime ma vie, ici et maintenant, comme elle est.

— C'est vraiment gentil d'être venu, papa, dit Merlin à Luigi. On reste à Paris ce soir pour épauler Anne. Tu rentres à Tours directement ou tu dînes avec nous ?

Luigi et Prune échangent un regard complice.

Les jeunes mariés ne savent pas encore qu'il a pris sa retraite et qu'il vit désormais au Gîte.

— Malheureusement ça ne va pas être possible, dit Luigi en serrant tendrement Prune contre lui. Sauf si nous pouvons venir ensemble ?

Île de Groix, Chatou, Marlborough Sounds, 2021.
Trugarez. Merci. *Kia Ora. Thank you.*
Kenavo d'an distro, au revoir, à bientôt.

À Nath et Xophe, Émeline, Sacha, Chloé et Rollmops, toute la ressemblance avec la réalité n'est pas une coïncidence, le reste est inventé.

POSTFACE

Je vous ai raconté une histoire vraie.

Dans la vraie vie, la réelle, la concrète, Nathalie et Christophe se sont rencontrés et sont tombés amoureux. Ils avaient chacun des enfants. Nathalie a offert à Christophe mon roman *Entre ciel et Lou* (Le Livre de Poche, 2016) qui parle d'amour, de vie et de mort sur la petite île bretonne de Groix. Ils se sont retrouvés dans les personnages. Christophe a invité Nathalie en week-end surprise – ç'aurait pu être n'importe où – il l'a emmenée à Groix. Et là, sur la plage des Grands Sables, il l'a demandée en mariage.

Là, en général, on arrondit la bouche et on dit « ooooh, c'est booooo ».

Je sais, on dirait un film romantique, mais c'est la *true life*, promis juré craché.

Ensuite ils m'ont contactée en me demandant de dédicacer cinquante exemplaires de ce roman pour les invités de leur noce qui devait avoir lieu au printemps.

Évidemment j'ai dit oui, ils étaient craquants, irrésistibles. Cinquante dédicaces, c'est super long, impossible à caser lors d'une rencontre en librairie ou en salon du livre. Alors ils sont venus à la maison, avec des gâteaux, on a bavardé, je les ai trouvés beaux amoureux et sympas. Ils avaient préparé la liste de leurs invités, j'ai signé les livres et dessiné avec mes surligneurs fluo. Ils m'ont invitée à leur futur mariage, c'était une gentille attention, mais mes romans sortent au printemps, donc tous mes week-ends sont occupés par des dédicaces. Ils sont repartis. Notre histoire commune aurait pu se terminer là, et déjà elle était jolie.

Et puis, le virus chafouin s'est répandu à travers le monde. On a été confinés. Leur mariage a été repoussé. Les salons du livre ont été annulés. D'habitude je me partage entre les Yvelines et l'île de Groix, j'aurais pu me confiner sur ce caillou de huit kilomètres sur quatre posé au milieu de l'océan mais je n'ai pas voulu risquer d'y transporter le Covid, même si j'aurais préféré passer ce temps face à la mer, promener Mon Pote mon westie sur les sentiers côtiers, respirer l'air du large. Alors, entre deux sorties masquées avec attestations, j'ai commencé à écrire un nouveau roman. On ne pouvait plus voir la famille ni les amis, les restaus étaient fermés, on était figés, angoissés. On applaudissait les soignants tous les soirs à vingt heures par la fenêtre. Grâce à l'écriture, en ouvrant mon MacBook chaque matin, je me téléportais dans l'île, je voyais les goélands voler et je sentais le parfum de la mer. J'étais *Face à la mer immense*, moitié dans la chanson de Calogero *Face à la mer*, moitié dans celle de Serge Lama *Une île*.

Enfant, je rêvais de devenir écrivain. Mon père a fait un infarctus l'été de mes dix-sept ans, un mois après mon bac. La dernière fois que je l'ai eu au téléphone, il m'a dit « médecin c'est le plus beau métier du monde ! », alors forcément j'ai fait médecine, tout en écrivant des romans que je déposais en Solex chez les éditeurs parisiens. Après j'ai été médecin d'urgence, à SOS Médecins et au SAMU de Paris, j'ai rapatrié des patients à travers la planète pour Europ Assistance, j'ai été médecin des théâtres, tout en publiant des livres. L'année de mes quarante ans, j'ai reposé mon stéthoscope et décidé de soigner seulement des patients de papier : je pouvais les sauver ou les tuer, c'était pour de faux !

Au début de la pandémie, j'ai proposé mes services comme soignante, mais j'avais arrêté depuis trop longtemps. Alors, comme j'avais envie de rire et danser et boire et trinquer, je vous ai invités, vous qui me lisez, au mariage romanesque de Nathalie et Christophe que j'ai rebaptisés Fleur et Merlin. Je ne connaissais ni leur passé, ni leurs familles, ni le parfum de leur pièce montée. Je savais seulement qu'ils s'aimaient.

J'ai transposé et relocalisé leur mariage à Groix. J'ai baptisé la romancière Prune (on m'appelait Quiche quand j'étais petite, à cause de la quiche Lorraine, j'aime les prénoms comestibles). J'ai imaginé qu'elle n'y était plus retournée depuis dix-huit ans, à cause d'un drame du passé. J'ai créé une famille avec des générations, des opinions et des ambitions différentes. J'ai ouvert les armoires imaginaires des personnages, je les ai habillés de fête. Puis j'ai fait souffler le vent, tempêter l'océan, rugir les vagues, pour emprisonner la noce dans l'île. Au vingt et unième siècle, on va en fusée dans l'espace, on envoie un mail à l'autre bout de la planète, mais quand la mer se met en pétard dans les îles bretonnes, la liaison avec le continent s'arrête, les bateaux ne passent plus, on est coupés du monde.

Je suis allée chez Damien et Chantal les artisans verriers de Groix, je leur ai raconté l'histoire du couple d'amoureux. Damien m'a parlé du livre *Océan mer* d'Alessandro Baricco, dans lequel un peintre plante son chevalet devant l'eau et peint chaque jour en trempant son pinceau dans l'eau de mer, les toiles sont blanches, il n'y a rien dessus. Il a eu la belle idée de créer l'objet poétique que vous avez découvert dans le roman.

J'ai plongé tous les invités du mariage dans un grand shaker fictif, je l'ai secoué pour faire jaillir les émotions, et je vous ai servi ce cocktail de rires, de rêves, de chamboulements et d'espoir.

Vous êtes physionomiste, vous ? Moi non, c'est un handicap. Je suis prosopagnosique, terme savant pour dire que j'ai du mal à reconnaître les gens, ça me joue des tours. Cet été, j'ai dédicacé *Face à la mer Immense* à la Boutique de la mer de l'île de Groix, avec mon amie et consœur médecin Sophie Tal Men (vous la lisez sûrement, sinon foncez, elle est aussi publiée au Livre de Poche). Un couple avec trois enfants et un gros chien couleur caramel s'est approché d'elle, ils ont bavardé longtemps ensemble, j'ai pensé « ils ont l'air sympas les lecteurs de Sophie ». Puis ils sont venus devant moi, avec leur chien Rollmops, et la plus jeune, Chloé, a désigné la couverture de mon livre sur laquelle – dans sa version brochée aux éditions Héloïse d'Ormesson – un couple s'étreint devant un phare avec un petit chien blanc. Elle m'a dit : « C'est mes parents. » Je lui ai souri, en pensant qu'en effet ses parents avaient l'air heureux ensemble. J'ai répondu stupidement : « ah, oui, mais ceux de mon livre ont un chien plus petit et blanc. » Elle a répété : « Non, c'est vraiment mes parents. » J'ai souri à nouveau comme une andouille (c'est délicieux l'andouille de Guémené dans une galette bretonne). Ses parents ont rigolé et ils m'ont dit : « c'est vraiment nous » en baissant leurs masques. Alors j'ai reconnu Nathalie et Christophe et on s'est tombés dans les bras (en version virus chafouin, c'est-à-dire qu'on a fait des tas de checks et de sourires heureux). Et Sophie Tal Men, qui leur avait promis de ne pas vendre la mèche en me révélant qui ils étaient, a éclaté de rire.

Quelques jours après, je les ai invités tous les cinq (six avec Rollmops) pour fêter ça, à quelques encablures de l'océan (une encablure, c'est une ancienne mesure marine, environ 200 m, qui désignait la longueur moyenne d'un câble d'ancre). J'avais acheté des sucreries multicolores mauvaises pour la santé et bonnes pour les dentistes, et un chouette saucisson d'un mètre de long, je n'exagère pas (on trouve des choses incroyables à Groix). Mes amis verriers créateurs du stylo poétique sont venus aussi. Et c'était biiiien.

Parfois, la réalité est aussi belle que la fiction. Je n'aurais pas pu inventer cette histoire, mon éditrice m'aurait dit « la ficelle est trop grosse, ça n'arrive pas en vrai ce genre de choses ».

Ben si.

La preuve.

À la fin, j'ai mis comme d'habitude la bande originale du livre. En téléchargeant l'application *lisez !* on peut scanner la page et écouter directement la playlist.

Et aussi deux recettes : celle du pain que j'ai fait tous les deux jours cette année, sans machine ni robot (c'est chronophage et il faut faire reposer la pâte la veille, mais ludique, j'étais toute fière parce que je suis nulle en cuisine) et celle du chutney de prunes, un clin d'œil à Prune la romancière.

Tout ça pour vous souffler que, si vous voulez poser LA QUESTION à votre amoureuse ou votre amoureux – mariage ou pacs ou si on vivait ensemble ? – choisissez une île, bretonne ou anglaise ou grecque ou italienne ou… bref, où vous voulez, invitez-la/le en week-end surprise, prenez le bateau, débarquez, choisissez une plage, et lancez-vous. Peut-être qu'un ou une… écrivain, peintre, photographe, sculpteur, musicien, danseur… s'en inspirera et entrera dans l'aventure avec vous ? L'important, c'est de prendre le risque de la joie, de mettre son clignotant côté amour.

La vie est incroyable.

Cette histoire aussi.

J'ai glissé Émeline, Sacha, Chloé et Rollmops dans mon nouveau roman 2022, je le leur ai promis.

Kenavo d'an distro – comme on dit à Groix qui est la juste place de ma vie – au revoir à bientôt.

L. F.

La fête continue !

Téléchargez l'application **lisez !**, scannez cette page, et laissez-vous emporter…

Agnes Obel, *Riverside*
Serge Lama, *Une île*
Rouget de Lisle, *La Marseillaise*
Georges Brassens, *La Non-Demande en mariage*
Cat Stevens, *Father and Son*
Franz Schubert, *Sérénade*
Alessandro Marcello, *Concerto pour hautbois et cordes*
Vladimir Cosma, *Le ciel, la terre et l'eau*,
chanté par Isabelle Aubret, du film *Alexandre le bienheureux*
Måneskin, *Torna a casa*
Yann Tiersen, *La Valse d'Amélie*
Herman's Hermits, *No Milk Today*
Johann Strauss, *Le Beau Danube bleu*
The Pretenders, *I'll Stand by You*
Fabienne Thibeault ou Maurane, *Les uns contre les autres*
Simon and Garfunkel, *The Sound of Silence*
Calogero & Passi, *Face à la mer*
Jacques Brel puis Juliette Gréco, *On n'oublie rien*

REMERCIEMENTS

Merci une fois de plus tellement à Héloïse d'Ormesson et Gilles Cohen-Solal pour la confiance et l'amitié, à Roxane Defer, Valentine Barbini, Charlotte Nocitau, Solène Marivain, la magique Anne-Marie Bourgeois, et la talentueuse Didouch.

Merci à Audrey Petit, Béatrice Duval et toute la belle équipe du Livre de Poche.

Merci à vous qui m'avez nourrie pendant le confinement, Marie-Sophie Nielly et sa famille, Marie-Amélie et Mathilde Pouliot, Renata Parisi, Pascal Colas, Philippe Dupeu, Éric Baziere, Valérie et Tof de La Pizza du Dimanche Soir, ma gratitude gourmande vous est acquise.

Merci à Groix, à Jean-Pierre Monique et Magali Poupée, Françoise Faraud, Jo Le Port, Damien et Chantal Vanoni, Lucette et Véronique Corvec, Brigitte Huon, Loïc Le Maréchal, Olivier et Martine Pilon, Jeanine Gueran, Christine Chaussier, Gildas et Isabelle Buffet,

Mylane Corvest et Jean-Philippe Robert, Bertrand Souk, Frédérique Goulletquer, Pat et Myriam Sacaze, Bethy Rousseau, Silvia Robins, on a tenu bon sur le *galuchenn* le temps qu'on était *à la chaule.*

Merci aux amis des jours libres et des jours masqués, Grégoire Delacourt, Baptiste Beaulieu, Anne Goscinny, Annabelle Combes, Vincent et Esther Rouberol, Anne et Catherine de Jenlis, Dominique Tabone, Christine Soler, Catherine Ritchie, Christine Lemonnier, Catherine Ferracci, Yveline Kuhlmey, Didier de Haut de Sigy, Isabelle, Nadia et Nora Preuvot, Christelle Bernasconi, Florence Sylvestre-Fouchet, Béatrice Bazin de Jessey, Anne Palewska, Anne Michelet, Nicole de Pol, Marina Giacalone, Julien Trokiner, Sylvie Copeau, Didier Piquot, Nausicaa Meyer, Dominique Richard-Tallec, Didier Bourgeois.

Merci à François Velle pour la figuration dans *De Gaulle, l'éclat et le secret.*

Merci à Valérie Lejeune pour Pouacre et l'implacable vengeance aux praires.

Merci, pour Mon Pote, à Geneviève Stéphan et Ruth O'Connor.

Merci à Newton et Gwenadu, chats baladeurs.

Merci aux libraires
Nathalie Couderc, Astrid Canada, Nathalie Iris, Lydie et Marie Zannini, Gilles Tranchant, Sandrine Dantard, Frédéric Leplat et Marie-Cécile,

Alexandre et Florence Cavallin, Myriam Sacaze,
Yann Riou et Ginie, Nadia Guillon-Verne,

à Un endroit où aller, aux organisateurs de salons du livre, aux représentants qui les font naviguer jusqu'aux libraires, aux blogueuses et blogueurs et groupes de lecture qui les faites tanguer sur vos sites.

Merci à vous, lectrices et lecteurs.

Hughes Ternon, Alberte Bartoli, Uriel, vous me manquez diantrement.

En mémoire de Maria Fusco, de Sandra Alori, de Lise Funck-Brentano, et de Christiane Lemaire.

À la mémoire de Jacques Doncker, 1924-2020, évadé du camp de Majdanek où il a été déporté, puis aide de camp, secrétaire et interprète de mon père en Pologne en 1944.

Recette du pain de Prune

6,5 tasses à thé de farine

3 tasses à thé d'eau tiède

1 cuillerée à soupe de sel

1 sachet de levure du boulanger

1 morceau de sucre

1 moule à baguette (plus commode)

• La veille pour le lendemain ou dans les cinq jours, sans machine ni robot :

Mélanger l'eau, le sel, la levure et le morceau de sucre.

Ajouter la farine et bien brasser le tout.

Laisser reposer deux heures sous un torchon.

Puis mettre au frigidaire couvert d'un film transparent.

• Le lendemain ou dans les cinq jours suivants :

Enlever ses bagues (sinon on met des plombes à les nettoyer).

Fariner ses mains, et le moule, et le plan de travail ou une planche, et une louche.

Prendre de grosses louches de pâte, les poser sur la planche ou le plan de travail, la replier plusieurs fois à la main comme pour faire une cocotte en papier.

Façonner des demi-baguettes ou des petits pains (mon choix) qu'on pose sur le moule.

Faire des dessins dessus pour s'amuser.

Laisser reposer 40 minutes.

Préchauffer le four à 230° pendant 10 minutes.

Enfourner et faire cuire 25 minutes.

Humer l'odeur irrésistible du pain en train de cuire.

Sortir le pain. Sourire. Déguster (avec du beurre salé breton c'est encore meilleur).

Ces proportions suffisent pour dix petits pains
ou trois demi-baguettes.

Recette du chutney de prunes

500 gr de prunes rouges
1 oignon rouge
1 tasse de sucre
1 tasse de vinaigre de pomme
1 cuillerée à soupe de gingembre râpé
1 cuillerée à café de cannelle
1 cuillerée à café de noix muscade
1 cuillerée à café de piment
1 cuillerée à café de cardamome
1 cuillerée à café de sel

Couper les prunes en dés, ainsi que l'oignon.

Faire cuire le tout dans une casserole à feu doux jusqu'à obtenir une consistance de confiture.

On peut aussi rajouter des raisins secs et des amandes effilées.

Déguster avec du riz au curry, de la viande, de la volaille, du foie gras, du fromage.

En plus, ça se garde des semaines.

Merci à Catherine de Jenlis pour ces deux recettes qui ont embelli mon année.

Du même auteur :

Aux Éditions Héloïse d'Ormesson

J'ai failli te manquer, 2020. Le Livre de Poche, 2021.
Tout ce que tu vas vivre, 2019. Le Livre de Poche, 2020.
Poste restante à Locmaria, 2018. Le Livre de Poche, 2019.
Les Couleurs de la vie, 2017. Le Livre de Poche, 2018.
Entre ciel et Lou, 2016 (prix Ouest 2016, prix Bretagne-priz Breizh 2016, prix des lecteurs U 2017). Le Livre de Poche, 2017.
J'ai rendez-vous avec toi, 2014. Le Livre de Poche, 2021.

Aux Éditions Robert Laffont

Couleur champagne, 2012.
La Mélodie des jours, 2010. J'ai Lu, 2012.
Le Chant de la dune, 2009.
Une vie en échange, 2008.
Place Furstenberg, 2007. J'ai Lu, 2010.
Nous n'avons pas changé, 2005. J'ai Lu, 2006.

Le Bateau du matin, 2004. J'ai Lu, 2006.
L'Agence, 2003 (prix des Maisons de la Presse 2003). J'ai Lu, 2005.
24 Heures de trop, 2002. J'ai Lu, 2004.

Aux Éditions Denoël

Le Talisman de la félicité, 1999.

Aux Éditions Flammarion

Le Phare de Zanzibar, 1998. J'ai Lu, 2003.
Château en Champagne, 1997 (prix Anna de Noailles de l'Académie française 1998). J'ai Lu, 1999.
De toute urgence, 1996 (prix Littré de l'Académie Littré des écrivains médecins 1997). J'ai Lu, 1998.

Aux Éditions J'ai Lu

Taxi maraude, 1992.
Jeanne, sans domicile fixe, 1990.

www.lorrainefouchet.com